# 黒警《こくけい》

月村了衛



朝日文庫

本書は二〇一三年九月、小社より刊行されたものです。

黒警
こくけい

# 一

——请原谅《チンユエンリアン》（勘弁して下さい）

池袋二丁目の路地を曲がったとき、そんな声が聞こえてきた。

電柱脇の暗がりで、若い男が三人のいかつい男に小突かれていた。みな中国人らしかった。右のまぶたを腫らした男は、すでに半泣きになっている。

——你要我啊《ニーシユアウオーマ》（ふざけるな）

真ん中の男が相手の頬をはたいた。よろめいた男を他の二人が左右から押し戻す。

こちらの足音に気づいた若い男は、救いを求めるかのように振り返った。三人の男も無言で威嚇の視線を向けてくる。

沢渡《さわたり》は気づかぬふりをしてそのまま通り過ぎた。

若い男の面上に一瞬呪詛にも似た色が浮かんだが、それはすぐに諦念の混じる虚《うつ》ろなものへと変わった。三人の男は鼻で笑ってから再び若い男を小突き始めた。

振り返りもしない沢渡に、並んで歩く同僚の新田《にった》が小声で言った。

「いいのかな、ほっといて」

「いいんじゃないですか、どうせ仲間内のゴタゴタかなんかだろうし。騒ぎになりそうだったら誰かが通報するでしょう。池袋署に任せときゃいいんですよ」

「そうだよな」

新田もまるで異論はないようだった。

駅北口の中華街を中心に、池袋には中国人が多い。池袋署も中国人のトラブルには慣れている。晩秋というより初冬の夜の沁《し》み入るような冷え込みも、他人の厄介事に足を止める気を失《う》せさせる。

背後から男達の怒声と情けない啜《すす》り泣きとが聞こえてくるが、沢渡はすでになんの興味もないといった顔で、

「それより急がないとガサ入れに間に合いませんよ」

「構うもんか。どうせ主役は〈生安《せいあん》の星〉だ」

吐き捨てるように答えた新田が、言葉に反して足を速める。それが警察官の習いだ。厳密に言うと、現場に遅刻することよりも、上から叱責されることだけが怖い

のだ。

沢渡も新田と同じく足を速める。二人はともに警視庁組織犯罪対策部の捜査員であった。

平然と路地を歩み去りながら、背後の微《かす》かな泣き声に、沢渡はどこか遠い痛みのようなものを感じていた。心の水面にふいと浮かんだ泡沫《うたかた》のような感触。それが何かを探る間もなく、心の泡は夜に弾《はじ》けて跡形もなく見えなくなった。

――警察ですけど、ちょっとここ開けてもらえませんか。

――警察って、え、なんですか、一体。

――ここでね、違法行為が行なわれてるって疑いがありまして。聞こえますか。違法行為の疑い。

――はい、あの、今ちょっと責任者が席外してて、困るんですけど。

――困るって言われてもね、こっちは公務で来てるんで。

――あの、令状とかあるんですか。

――ありますよ。見せますから早く開けて。

――でも、その。

――いいから開けて。

押し問答の末、開かれたドアから私服と制服の警官達が店内に雪崩《なだ》れ込んだ。雑居ビルの一室だ。かろうじて間に合った沢渡と新田も、最初からいたかのような態度を装って警官隊の後に続く。人いきれと汗臭さが堪《たま》らなく不快だった。

「はい、動かないで、ちょっとあなた、その場にいて。あなたもそこ動かないで」

先頭を切って飛び込んだ若い私服が、凝固している客や従業員に指示を下す。

「警視庁生活安全部です。ご協力お願いします」

鰻《うなぎ》の寝床状に細長く伸びた店内には、安っぽい作りのテーブル席が壁に沿って並んでいた。ホステス達がそれぞれのテーブルで一様に蒼白《そうはく》になって警官達を見つめている。みな濃い化粧をしているが、中には一目で未成年と分かる娘も交じっていた。

「店長さんは。店長さんどこですか」

若い私服刑事の呼びかけに、頭頂部の薄い中年男が進み出た。

「ここですけど」

「あ、そこにいたの。これ、捜査令状ですから。外国人の不法就労助長、未成年者の雇用、売春行為の斡旋《あっせん》等。よく読んで確認して下さいね」

うなだれる店長に、若い私服が得意げに言い聞かせる。警官隊の後から店内に入ってきたテレビ局クルーのカメラが、若い私服と店長のやり取りを捉《とら》えている。

沢渡は特に何かを手伝うでもなく、新田と二人、ただテレビカメラを遮らないよう壁際に退いて傍観していた。

ドアの近くに立っていた沢渡は、若い私服――小板橋《こいたばし》巡査部長が体の位置をわずかにずらしたのに気がついた。彼は自身に向けられたカメラを充分に意識していて、映りのいいように角度を変えてみせたのだ。

沢渡の耳許《みみもと》で、新田がうんざりとしたように囁《ささや》いた。

「小板橋の奴、いい気なもんだ。見ろよ、あの顔。名刑事にでもなったつもりか」

「やらせとけばいいんじゃないですか。どうせこっちには関係ないんだし」

沢渡は適当に相槌《あいづち》を打った。颯爽《さっそう》と現場を仕切る小板橋への反感は同僚と同じ、いや彼以上だが、ここでそれを過剰に吐き出しても仕方がない。一切合切が勤務のうちだ。

「関係ないって言ってもよ、図に乗りすぎなんだぜ、あいつはよ。何が〈生安の星〉だ、まったく」

あからさまな妬《ねた》みの視線で小板橋を睨《にら》みながら、新田はなおも続ける。

「ロクに手柄もない奴が、ちょっと見てくれがいいからってよ」

「その見てくれが大事なんだからしょうがないでしょう」

そう返しつつ、沢渡は生あくびを嚙《か》み殺す。何もかもが茶番に見えた。

主役然とした小板橋をここぞとばかりに撮影しているのは、報道番組内の人気コーナー『警視庁二十六時』のスタッフである。〈シリーズ・生安の星を密着取材〉という企画で、生安（生活安全部）に所属する小板橋の仕事ぶりを追っているのだ。組対《そたい》（組織犯罪対策部）の沢渡らが立ち会っているのは、外国人犯罪者が関わっていた場合に備えるためである。だがそれは実質的には単なる名目で、生安の課長が総務部広報課の意向を必要以上に汲《く》み取って、〈番組的に派手になるように〉組対の課長に協力を頼んだものらしかった。その結果、沢渡と新田の二人が駆り出されたというわけである。つまりは「枯れ木も山の賑《にぎ》わい」のまさに枯れ木であり、スターを引き立てるためのエキストラであった。

若手の小板橋に目をつけたのはテレビ局で、警察は不祥事続発の折からイメージアップを狙って迎合した。「取材には全面的に協力せよ」との指令が広報課を通して下されている。爽やかな風貌の小板橋は確かに企画に打ってつけで、視聴者の評判もよく、彼の密着取材は不定期シリーズとして定着した。〈生安の星〉とは後付けのコピーである。今では下手《へた》な新人タレントよりも認知度は高い。そうなると上層部はますます小板橋を後押しする。広報課の鼻息も荒くなる。本人もそれを自覚しているから、普段はへこへこと周囲に気を配りつつも自ずと調子に乗ってしまう。当然やっかむ声が出る――「なんであいつが」「あいつばっかりが」「俺じゃ駄目だったのか」。

まさに声に出して新田がぼやいた。

「あいつばっかりちやほやされやがって。知ってるか沢渡、あいつ、新宿のクラブやバーでおねえちゃん相手に毎晩フカシまくってるってよ」

「はあ」

その話なら聞いている。面白くもないが、新田のように声に出す気にはなれなかった。

「沢渡さん」

突然小板橋が振り返った。

「すいません、ちょっとこっちに来てくれませんか」

言葉は慇懃《いんぎん》だが、小板橋は巡査部長で、沢渡は警部補である。階級も年齢も上の沢渡に対する軽侮の本音が透けて見えた。だが沢渡は内心の不快を押し隠して小板橋に歩み寄った。何しろ全面協力が上層部からの通達だ。

「なんでしょう」

小板橋は目の前のホステスを顎《あご》で示した。俯《うつむ》いて震えている。垢《あか》抜けない顔。十七か十八。いやもっと若い。

「この娘、中国人のようです」

「そうみたいですね」

間抜けなリアクションに、小板橋は一瞬舌打ちするかのような表情を浮かべたが、すぐに周到な慇懃さで押し隠した。

「すいませんが、この人の聴取お願いできますか」

沢渡が組対に配属されたのは、幸か不幸か中国語ができたからである。小板橋もそれを知っている。

「はい」

「じゃ、お願いしますね」

そう言い残して足早に去るスターを追ってカメラマンとスタッフも移動する。各員に声高《こわだか》に指示している小板橋の映像に、オンエア時には「現場の最前線で今日も奮闘」とでもいったテロップが付けられるのだろう。

新田が呆《あき》れたような目でこっちを見ている。組対の人間が生安の若造にまるで命令されているかのような場面を、テレビ局のカメラに撮られてしまった。

沢渡は溜《た》め息《いき》をついて娘に向かい、そこそこ上手《うま》い中国語で話しかけた。

「你叫什么名字《ニージャオシエマミンズー》（名前は？）」

本庁に戻った沢渡は、黙々と報告書を書いた。摘発されたホステスの調書ではない。娘の取り調べは身柄を所轄に引致して行なった。案の定、不法就労の中国人だった。沢渡の聴取による調書と娘の身柄は生安が引き継いだ。すべては生安の手柄になる。

今沢渡が書いているのは、今日一日、どこで何をしていたか、そんなことを漫然と記す愚にもつかない作文だった。給料を頂戴するにふさわしい仕事を確かにやっていたというアリバイのようなものである。犯罪捜査に貢献したかどうかではなく、上からの命令をいかに忠実に守っていかに逸脱しなかったか。ところどころに嘘も混じる。綻《ほころ》びの出ない範囲で。上に言えない息抜きの内容まで書く馬鹿はいない。

時刻は午後十一時を過ぎていた。節電のためあちこちの照明が落とされているが、残業中の職員は沢渡の他に何人もいる。

中国人はどいつもこいつも――

報告書を書き終えた沢渡は、椅子の背にもたれかかって伸びをしながら心の中で毒づいた。不法入国、不法滞在、不法就労。連中はろくでもない仕事ばかりを増やしてくれる。勝手に他人の国にやってきて、他人の金をかすめることばかり考えている連中だ。

どいつもこいつもろくでもねえ――中国人も、警察官も、警察に入ったこの俺も

――

警察官になったばかりの頃は、それなりの使命感を抱《いだ》いたりもしたが、そんなものは世間知らずの幻想で、任官三年目にはかけらも残っていなかった。圧倒的な現実に頬をはたかれ、頭を地面に押しつけられて、警察での生き方を教え込まれた。

沢渡はまた、補欠で入った二流私大で、第二外国語として中国語を選択した自分の因果を呪う。フランス語にするか中国語にするかで迷い、たまたま見かけた新聞の「中国経済が世界を救う」という見出しだけで中国語に決めた。将来的に潰《つぶ》しがきくような気がしたのである。なんの根拠もなかったが。

おかげで最低の世間の、そのまた最低の部分を見せつけられる毎日だ。

文面を推敲もせずファイルにして係長に送信する。推敲の必要などない。報告書

の文面を多少整えたところで、現実が変わるわけではないからだ。

また胸に微かな痛み。今夜聴取したホステス。強制送還は間違いない。

だからどうした――

沢渡はパソコンの電源を落として立ち上がった。


大井町のアパートに帰り着いた頃には、日付はとっくに変わっていた。靴を脱ぎながら片手で照明のスイッチを入れる。白々とした蛍光灯に侘《わ》びしい台所が浮かび上がった。

築十年の2DK。入居したときは新築だった。妻の強い希望で官舎を避けて入居した。ここで寝起きした十年のうちの半分は嫌な思い出。後の半分は不快な惰性。早く越したいがそんな暇も金もない。そして何より気力がない。

台所の片隅に置かれた電話のランプが点滅している。着信の知らせだ。ボタンを押して留守電のメッセージを聞く。全部で三件。最初の二件は別れた妻の弁護士から。三件目は当の元妻から。内容は三つとも同じ。滞納している慰謝料をすぐに納付しないと然《しか》るべき措置を取るという。疲労感が倍増した。

――元はと言えば悪いのはそっちでしょう。慰謝料だって、お互い納得の上で決めたはずだし、その約束も守れないなんて、何が警察官よ。

甲高《かんだか》い元妻の声。嫌な声だ。その声に幾分の未練を感じてしまう自分はもっと嫌だ。

元妻にも弁護士にも、携帯の番号は教えていない。そのことも不誠実だと責められている。こんな電話を携帯に何度もかけてこられたら仕事にならない。職場にかかってきたら最悪だが、この分ではそれも時間の問題だろう。

〈悪いのはそっち〉か。もう思い出せない。本当にそうだったのか。あれやこれやがこじれすぎて、何が原因だったのか、自分で自分の心が説明不能となっている。だが向こうには、一方的にこっちが悪いという確信があるらしい。そして、それが事実でないと言い切る自信が自分にはない。

量販店で買った吊しのスーツを和室のハンガーに掛けながら、工面の仕方を考える。頭がどうにも動かなかった。テレビの横では古いＰＳ２が埃《ほこり》を被《かぶ》ったまま放置されている。新婚当時、妻と一緒に遊んだものだ。自分達にもそんな時期があったとは信じられない。今はもう、プレイするどころか触る気にもなれずに放り出したままにしている。昔は妻と二人、しょっちゅうやっていたような気もするし、何か些細《ささい》な言い争いをしてすぐにやらなくなったような気もする。どっちでも同じだ。

今となってはどうでもいい。

風呂に入ろうと思って浴室に行く。洗面台の鏡に映った顔。思いつきで蓄えた口髭《くちひげ》に白いものが交じっているのに気がついた。もみあげにも少し。三十も半ばを過ぎているのだから白髪が出てもおかしくはない。だが中身の伴っていないことを自覚している分だけやりきれなかった。

悪い老け方をした——そう思うと湯垢のこびりついた浴槽に湯を張るのも億劫になり、結局そのまま万年床に潜り込んだ。

翌日の午前十時前、沢渡は警察合同庁舎内の会議室に設けられた捜査本部に入った。入口近くに座っていた数人の私服が振り返る。いずれも知った顔だった。彼らに目礼して空《あ》いている席に着く。

室内にはすでに三、四十人の捜査員が集まっていた。組対と生安が半分ずつ。捜二《そうに》(警視庁刑事部捜査二課)の顔もいくつか交じっている。

後から入ってきた男が、沢渡の隣に腰を下ろす。組対二課の小淵《おぶち》係長。沢渡の直接の上司である。

「おはようございます」

「おう」

挨拶した沢渡に、ゴマ塩頭の小淵はぶっきらぼうに頷《うなず》いた。彼の不機嫌の理由は明らかだ。組対と生安との合同態勢。本来ならどちらが主導権を取るかで揉《も》めそうなところだが、それがあっさり生安主体と決まった。組対の人間なら面白いはずがない。

今回のオペレーションはそもそも警察庁生安局長の発案であると聞いている。『偽ブランド商品大量流通事件捜査本部』。警視庁管内では偽ブランド品の流通が最近目に見えて活発化している。要するに、以前から出回っている中国製の偽物をここらで徹底的に取り締まろうという案件だ。この種の事件では異例とも言える捜査本部が設けられたのは、次期警視総監とも警察庁長官とも噂される高遠《たかとお》生安局長の肝煎《きもい》りならばこそだろう。警察庁生安局は中央官庁として警視庁生安部を指導管轄している。

あくびを嚙み殺しつつ、うわべはあくまで神妙な風を装いながら沢渡は会議の始まるのを待った。

やがて制服を着た数人の警察幹部が入室してきた。捜査員達は一斉に起立して迎える。

第一回の捜査会議は本部長に就任した尾塚《おづか》生安部長の挨拶から始まった。

「周知の通り、管内におけるコピー商品、偽ブランド商品、海賊版等の横行には目に余るものがあります。アパレルから電子機器に至るまで、ありとあらゆるメーカー、ブランドの偽物が市場に出回っており、被害総額は年々増大する一方で、またこうした状況が他の犯罪の温床になっているであろうことは言うまでもありません」

尾塚部長は会場を見回しながら朗々と言った。

「ことに我が国が誇るコンテンツビジネスに関連した海賊版の取り締まりは、経産省からも強く求められている喫緊の課題でありました。一事が万事のたとえの通り、高額商品だけでなく、身近な日用品の不正コピー商品も決しておろそかにせず摘発して、社会からこの違法行為を一掃する。我が国の治安、経済の回復につながるこのオペレーションは、警察の威信回復にも大きく寄与するものと信じています」

一般企業のプレゼンテーションのような弁舌。また実際、尾塚にはこの場にいない高遠生安局長にアピールする意図もあるのだろう。雛壇に向かって最前列に陣取っている連中もまた尾塚と同類で、上に取り入る隙《すき》を窺《うかが》っているに違いない。

続いて列席する主な幹部の紹介。副本部長に組対二課の稲森《いなもり》課長。これは組対と生安とのバランスを取るための人事であろう。事件主任官に生安部生活経済課の福《ふく》本《もと》課長。広報担当官に田辺《たなべ》生活経済課課長補佐。捜査会議全体の進行を務めるのは事件副主任官の八木《やぎ》生活経済課次長である。

「それでは大まかな捜査方針について」

立ち上がった八木が、自らの有能さを誇示するかのような口調で発した。

「偽ブランド商品の製造と流通を仕切っている業者のほとんどは、中国籍の不法入国者であると推定される。正規の雇用が望めない不法入国者が、同郷である、または親戚であるといった地縁や血縁を元に寄り集まり、犯罪集団を構成するパターンだ」

組対、生安の捜査員なら、百も承知の話である。日々刻々と増え続ける不法入国者。対して警察は慢性的な人手不足だ。事案ごとの対応がやっとのところで、毎日が自ずとモグラ叩きの様相を呈する。

「今回のオペレーションは、これまで取り締まりの不徹底であった不正コピー商品の根絶を目指すものとする。配付した資料を見て下さい。最初にあるのが過去三ヶ月以内に増加した主な非正規商品の一覧。高級時計、バッグ、コート、スーツ、香水、アクセサリー等。ここにある品目ごとに、取り扱い小売店、納入業者、製造元を洗い出す。特に注意すべき点は、個々の業者ではなく、ネットワークの全容把握に努めること。末端の業者をいくら挙げてもきりがない。大元からの流れを明らかにし、一網打尽にすることが重要である」

八木は続けて各員の役割分担を告げる。主要な任務を生安中心に割り振ってから、組対側の担当を指示した。

「組対二課、真田《さなだ》班はシャネルのバッグ。現在までに押収された総数、流通状況、関係する人物、団体名等は配付したファイルの項目四と五を参照。次、吉村《よしむら》班。同じくシャネルの時計。これは過去三ヶ月で最も増加傾向の見られるブツで、重点捜査対象のひとつと位置づける。次、堀口《ほりぐち》班」

うんざりとした思いで沢渡は資料を眺める。様々なブランドの様々な品。あれもこれもすべて偽物。着手する前から徒労感が押し寄せる。

「次、小淵班」

隣に座った小淵が、はい、と応答した。沢渡も小淵班に含まれる。

「小淵班は『らくがきペンちゃん』の担当とする」

なんだこりゃ――

ページをめくった沢渡の目に飛び込んできたのは、子供向けの漫画の絵だった。ペンちゃんパジャマ。ペンちゃんバッグ。ペンちゃん人形。ペンちゃんぬりえ。ペンちゃんシールにペンちゃんふりかけ。坊主頭の小僧を中心に、数人のキャラクターが配された子供服、寝具、玩具、文房具その他の関連商品が、何ページにもわたって続いている。

「本部長のお言葉にもあった通り、コンテンツ産業における著作権侵害の被害は深刻である。今回の捜査ではこうした無許可のキャラクターグッズの摘発にも重点を置くので小淵班はしっかりやってもらいたい。次、熊井《くまい》班」

くだらねえ——

八木の声を聞きながら、沢渡は思わず内心でこぼしていた。口に出したわけではなかったが、溜め息を感じ取ったのだろう。隣の小淵がこっちを睨んだのが分かった。

「くだらねえと思ってるだろ」

警視庁庁舎地下の職員食堂で、向かいに座った小淵が言った。

「そんなこと思いませんよ」

茄子《なす》の漬け物と飯を一緒に咀嚼《そしゃく》しながら、沢渡は何食わぬ顔で答える。

何もかも分かっているぞという顔で、小淵は沢渡と同じ四百八十円の日替わり定食を不味《まず》そうにつつく。

「俺らはな、やれと言われたことだけちゃんとやってりゃいいんだよ」

「分かってますよ、それくらい」

割り箸の先で鮭の身をほぐしていた小淵が顔を上げ、分厚い眼鏡越しに沢渡を見た。

「新田に聞いたぞ、おまえ昨夜《ゆうべ》、ずいぶんみっともないところをテレビに撮られたんだってな」

「はあ、いや」

昨夜のガサ入れについて、新田は早速ご注進に及んだらしい。あの場で自分だけは有能であったかのように上司に印象づけるためだ。

「違うのか」

「いえ、まあ……はい」

「馬鹿野郎、それじゃおまえ、ウチの面子《メンツ》は丸潰れじゃないか」

「はあ」

「はあじゃないだろ。貧相なクセに、偉そうな口髭なんか生やしやがって」

苦い顔で味噌汁をすすった小淵は、周囲を窺ってから声を潜め、

「まあ、今回はそれでなくても生安主体でやる気がでないってのに、よりによってマンガのパチモン担当だ。あんなのを片っ端から追っかけなきゃならないんだもんな。かと言って手を抜くわけにもいかん。何しろ高遠さんのお声掛かりだっていうからな。会ったことあるか、生安局長の高遠さん」

「顔ぐらいは知ってますが……何しろ雲の上の人だし」

「それでも例の法案くらい知ってるだろ」

「ああ、あれですか」

高遠生安局長は、外国人を積極的に受け入れ人材交流を活発化する『国際人材交流法案』の成立に力を注いでいるという。外国人の犯罪を取り締まる組対二課としてはどうにも複雑な思いがある。

「外国人をわざわざ日本に呼び込もうなんて、正直迷惑な話だよ。盗人を家に招くようなもんだ」

「ほんとですよね」

沢渡もまったく同感であった。

警察官といえどもマイノリティに対して偏見を抱く者はいる。ことに中国人犯罪者の無法ぶりに日常的に接している組対二課には、内心で外国人など排斥すべきと考えている者が少なくない。

小淵はいまいましげに顔をしかめつつ、さらに一段声を潜めた。

「高遠さんはそれだけ上を狙ってるんだ。例の法案もその足掛かりにしようってんだろ。どっちにしても日の出の勢いだ。面白かろうが面白くなかろうが、ここは俺達も腹を据えて結果のひとつも出さなきゃな」

「はい」

殊勝に頷いて沢渡は湯呑の番茶を飲み干した。

元妻や弁護士からのメッセージが頭をよぎる。それでもやはり思わずにはいられなかった。

くだらねえ――やってられねえ――

## 二

くだらねえ、やってられねえとこぼしながら、沢渡は日々ひたすら坊主頭の幼児のキャラクターを追いかけた。

コピー商品を扱う悪質な小売業者を何人も引っ張り、供述を取る。入荷状況、仲介業者を洗い出す。予想した通り、数が多すぎて手に負えない。

原作漫画の単行本も買ってきて読んでみた。主人公の幼稚園児には両親や兄弟がいる。そして近所には仲のいい子供達。彼らの日常が楽しげに綴《つづ》られている。しかし乾ききった沢渡の目には、漫画の紙面は心楽しいものとして映らなかった。ぱらぱらと適当に流し読みをして、早々に放り出した。くだらねえと独りごちつつ。

そしてまた街に出る。店を回る。業者に会う。ほぼ全員が中国人。さもなければ中国人に下働きとして雇われた日本人。使われている日本人の大半は無職かホームレスの類。

山寨《シャンジャイ》。その言葉は警察庁の作成した資料の中に以前からたびたび出てきていた。

役所の広報に近い資料などスーパーのチラシ程度にしか思っていない沢渡も、さすがに何度か目にしてその言葉の意味を知っていた。元は読んで字の如《ごと》く、山中の城塞、すなわち山賊の砦《とりで》の意であるという。それが中国人のコピー商品製造工場、さらにはコピー商品そのものの意となった。難解な言い回しのやたらと多い資料によると、中国では「山寨文化」「山寨革命」「山寨主義」などと称し、著作権を無視した行為を新時代の経済戦略であり、ビジネスモデルであるとして称揚する傾向にあるらしい。

経済、金融の話など、沢渡の知ったことでは無論ない。現場を歩く捜査員にとって、巨視的な解説はどうでもいい。

要は盗人の開き直りだ――

そんなふうに考えながら中国人を尋問する。

並行して普段から接触を保っている裏社会の情報提供者全員に声をかける。

――ペンちゃんだよ、ペンちゃん。知ってるだろ、テレビでやってる『らくがきペンちゃん』。アレのネタ、ないかな……いや、マンガのネタじゃねえよ。なんでそんなもんがいるんだよ。俺は漫画家じゃねえよ……そうだよ、パチモン商品のネタだよ。卸とか業者のバックとかさ、そんなネタ。どこの組が噛んでるとか。小売の細かいのでもいいからさ……

組対の捜査員にとって、情報提供者は仕事を進める上で不可欠の存在である。鮮度の高いネタを持ってきてくれる協力者を何人確保しているか。その数がそのまま捜査員の評価にもつながる。同僚達と比べて多いとは言えないネタ元を沢渡は満遍なく当たった。

その結果判明したこと。

ペンちゃんのニセモノを製造している業者は数多いが、最近ではもっぱらある特定の筋が扱っているという。

「義水盟《ぎすいめい》？」

西武柳沢の駅近く、携帯電話で通話しながら歩いていた沢渡は思わず足を止めた。

「なんだそりゃ。聞いたこともねえぞ」

〈新顔の組織ですよ。最近じゃどうもそいつらがペンちゃん関係を仕切ってるらしい〉

通話の相手は情報屋の一人である。

義水盟。組対の沢渡が初めて耳にする名称だった。たぶん同僚の誰もがまだ把握していない。

「どんな連中だ。福建か、東北か」

〈それが、どこのどういうグループなのか、さっぱり……分かってるのは沈《シエン》て男が幹部らしいってことくらいで〉

「なんだ、名前が割れてるのか。だったら……」

〈いえいえ、天老会《てんろうかい》も沈の居場所を全力で捜してるようですが、これがどうにもお手上げらしくて〉

「天老会が？」

『天老会』とは洪門《ホンメン》の末裔《まつえい》を自称する上海系の組織で、日本における黒社会勢力のひとつである。その背後には有力な在日華僑グループがついているとも言われるが、公式にそれを裏づける捜査資料は存在しない。

「天老会が関わってくるようなスジとも思えないが……どういうわけだ」

〈さあ、そこまでは……〉

本当に知らないらしい。携帯を切った沢渡は、その場で考え込んだ。

麻薬の類なら話は分かる。縄張りを荒らされた組織が不心得な新規参入者をこらしめてやろうと追っているのだ。しかし、いくら裾野が広いといっても、単価の安い子供向けキャラクターグッズの販売益などたかが知れている。天老会ほどの組織が血眼《ちまなこ》になるような案件とはどうしても思えない。

何かある——

被疑者や参考人、あるいは情報提供者に対する沢渡の質問項目がひとつ増えた。

［義水盟について知っているか］

知っている者が何人かいた。情報は正しかったようだ。

だがそこまでだった。それ以上は分からない。義水盟とは一体どういう系統のどういう組織なのか。単なる不法入国者の寄せ集めなのかもしれない。身許の保証がないためまともに就職できない不法滞在者や留学生が、ネット等を介して知り合い、互いによく知らないまま犯罪集団を形成する。実際、中国人犯罪組織の大半はそんなものである。だが、天老会を向こうに回して立ち回るのは並大抵のことではないはずだ。にもかかわらず、義水盟は組織の規模さえ分からなかった。もちろん都下や近郊各県に縄張りを持っているような様子もない。

その日も何人かの関係者を当たった。最後に回ったのは東十条の商業ビルだった。三階に入っている小さなクラブの雇われ店長が、以前コピー商品を扱っていた。店に入ってきた沢渡を見て、中国人の店長は露骨に顔をしかめた。話を聞きたいと言うと、店長は従業員に中国語で二、三の指示を残し、先に立って店を出た。

路地に面した非常階段の踊り場で話した。店長は最近の業界事情には疎いようで、特に目新しい情報は得られなかった。捜査は十中の八九が無駄足だ。累積する一方の徒労感に溜め息が出るが相手にぶつけるわけにもいかない。礼を言ってそのまま非常階段を下りる。

路地に降り立ったとき、近くの暗がりで人の気配がした。ビルの狭間《はざま》の駐車場。四十がらみの酔った男と若い女が揉めている。激昂《げっこう》した男が平手で女をはたく。居丈高になじる男と堪《こら》えきれずに泣く女。夜の街ではありふれた光景だ。

横目で見た沢渡と、女の視線が一瞬合った。反射的に目を背け、沢渡は表通りの方に足を向けた。

「またいつもの知らん顔かい、沢渡さんよ」

不意に別の方向から呼びかけられた。よく知った声。ぎくりとして振り返る。

高価そうなコートを洒脱《しゃだつ》に引っ掛けた男。左右にホステスらしい二人の女を連れている。路地に面して並んでいる従業員用出入口のどれかから女達を連れ出すところだったのだろう。髪を短く刈った富士額。眉は細く眼光は鋭い。色男の部類だが固太りの大兵《だいひょう》で貫禄がある。

嫌な奴に見られた——嫌なところを——

男は立ち尽くす沢渡をたっぷりと睨《ね》め回してから、酔っている男に向かって言った。

「かわいそうに、泣いてるじゃねえか。わけは知らねえが、許してやれよ」

「なんだてめえは」

言われた男は我に返ったように気色《けしき》ばんで、

「格好つけるんなら相手を見てからにしろや。俺はここらを仕切ってる大津田《おおつだ》——」

「大津田組なら知り合いが何人もいるよ。さっきもあそこの若いのと飲んでたんだ。みんないい奴だよな。俺は滝本《たきもと》組の波多野《はたの》ってんだ。で、あんた、誰だって？」

「滝本の波多野？　てめえかよ、落ち目の波多野ってのは」

閃《ひらめ》いた波多野の拳《こぶし》が男の顔面を直撃した。踏み潰された蛙のような息を発して男が倒れる。泣いていた女は一目散にその場から逃げ出した。よろよろと起き上がった男もまた全速力で反対側へと去った。

その後ろ姿を見送りながら、波多野は突っ立ったままでいる沢渡に、

「変わらねえなあ、あんたは」

侮蔑の口調でそう言って、連れの女達を振り返った。

「このヒゲのおっさんがいつも話してる沢渡警部補さんだ」

女達は興味もなさそうに、へえ、と沢渡に視線を向ける。

「昔から世話になってるんだよ、この人に。なあ沢渡さん」

沢渡が顔をしかめるのを横目に眺めつつ、波多野は女達に告げた。

「ちょっと用ができた。悪いが今夜はお開きだ」

一様に不満の声を上げる女達に、波多野は粋な笑みを見せ、

「今度埋め合わせはするからよ」

二人の女は頷きながら潤んだ目で波多野を見上げる。営業用ではない純度百パーセントのフェロモン。沢渡が決して向けられることのない視線だ。

「じゃあ行こうか」

女達を帰し、波多野は沢渡を促した。

「行くってなんだよ。こっちはおまえに用なんかねえ」

「そう言うなよ。時間はとらせねえ。近くに知ってる店があるんだ」

先に立って歩き出す波多野に、沢渡は不承不承に従った。間の悪いところを見られたという引け目もある。

「割り勘だぜ」

歩きながら沢渡が念を押す。

「心配するな。あんたに奢《おご》る気なんてねえよ」

「高い店は勘弁してくれ」

このしみったれが、とでも言いたげに波多野がわざとらしく舌打ちして足を速める。それもまたしゃくに障った。

組対の捜査員にとってヤクザとの付き合いは情報収集のためにも必須だが、それは往々にして癒着と紙一重のものとなる。特に昨今は世論が厳しい。現場の事情は上層部も承知でありながら、一旦何か不都合な局面に陥ればためらいもなく末端を切って捨てる。そんな陥穽《かんせい》に落ち込んで身を滅ぼした同僚を沢渡はこれまでに何人も見てきている。

舎弟を連れ歩かないのがこの男の習いである。その点が今は唯一ありがたかった。波多野との会話を他のチンピラにでも聞かれると立場がない。

波多野は何をするにも一人で動く。ヤクザの幹部でそんな男は他にいない。

「ここだ」

彼が案内したのは、細長い古いビルの一階奥で営業しているスナックだった。カウンターだけの小さな店。爺さんが一人でやっている。波多野の馴染《なじ》みの店らしかった。

「あんた、本当に変わってねえなあ」

ストゥールにかけるなり、波多野は改めて言った。

「刑事だろ、あんた。困ってる市民を放置かい」

さっきの女のことらしい。

マスターが無言で二人の前にグラスを置き、ビールを注ぐ。

「民事不介入が警察の原則だ。しょうがないだろ」

二つ年下のヤクザから視線を逸《そ》らし、弁解するように沢渡は呟《つぶや》く。

「言いわけかい」

「…………」

「どう言いわけしようが、見て見ぬふりに違いはねえ。なんだい、さっきのザマは。変わってねえな」

言いつのる波多野に、沢渡は思わず漏らした。

「波多野、おまえ、自分は変わったとでも言いたいのか」

波多野は虚を衝《つ》かれたように沢渡を見つめる。波多野をえぐったその切り返しは、しかし沢渡自身をより深く傷つけていた。

一瞬黙り込んだ波多野は、それでもなんとか気を取り直したように口を開いた。

「まあいい、それよりあんた、義水盟を調べてるんだってな」

思いもかけない話題を振ってきた。

迂闊《うかつ》には返答できない。沢渡は無言でビールを口に運ぶ。

「隠さなくたっていいぜ。あんたが連中を追ってるって話は俺の耳にも入ってる」

「…………」

「どうなんだ、え、おい」

「まあな」

自分の手の内を少しだけ見せて話を合わせてみる。

「組対としても新勢力は把握しておかんとな。沈てのはなかなか大したタマらしいじゃないか」

「ペンママについてどこまでつかんでる」

波多野が唐突に訊《き》いてきた。

ビールのグラスを手にしたまま相手を見つめる。

ペンママ？

「……それは言えない。捜査上の秘密だ」

「だろうな」

波多野は丸い顔に愛嬌のある笑みを浮かべ、

「天老会も血眼でペンママを探してるっていうからな」

「ああ」

もっともらしい顔で頷きながら沢渡は頭を巡らせる。天老会が沈を追う理由はそれか。

「なんでおまえがペンママのこと訊くんだよ」

そう振ってみると、波多野は声を潜めて話し出した。

「知っての通り、ウチのオヤジは自称大の国粋主義者で、前々から日本でのさばってる中国人を人一倍嫌ってる。それにウチの上の東甚《とうじん》連合も天老会とは犬猿の仲だ。アレを天老会より先に手に入れられたら、俺も組内《くみうち》で少しはいい顔ができるってもんだろ」

「そうだろうな」

「ペンママが金になると当たりをつけてみたのはいいが、実のところ、ペンママってのが一体なんなのかさっぱり分からねえ。天老会がなんであんなに欲しがってるのかもだ」

「………」

「沢渡さんよ」

波多野が大きな顔を近づけてきた。

「ひとつ取引といかないか」

「取引だと」

「早い話が情報交換だ。お互い損にならねえ話だぜ。ペンママがなんなのか教えてくれるだけでいい。見返りにこっちはあんたの点数になるような情報を流す。どっちが先にペンママを見つけるか、それはお互い恨みっこなしってことでさ」

「警察はヤクザと取引なんかしねえ」

「そんな建前はいいからさ。はいはい、分かってるよ、俺とあんた、全部が全部ここだけの話だ」

「………」

「あんた、ここで俺の助けになったってバチは当たらねえだろうぜ」

体の大きいヤクザは身を乗り出すようにして迫ってくる。一言もなかった。

返答に窮してグラスを干す。そんな様子も波多野はじっと見つめている。

「ペンママってのはな……」

「うん」

波多野がさらに身を乗り出す。

「つまり、ペンママってのはだな……」

「うんうん」

「沈が抱え込んでるブツだ」

「それは分かってる」

はぐらかす口実さえ浮かんでこない。

「つまり……初耳ってことだ」

「なに？」

「ペンママなんて初めて聞いた」

まじまじと沢渡を見つめた波多野は、それが正真正銘嘘でないと悟ったのだろう。

「てめえ沢渡」

鼻柱に一発食らって沢渡は椅子ごとひっくり返った。

憤激した波多野は、何も言わず財布から一万円札を引っ張り出し、カウンターの端に置いて出ていった。

沢渡は呻《うめ》きながら立ち上がり、ハンカチで鼻血を拭《ぬぐ》う。現職警官を殴ることのリスクを、ヤクザである波多野は百も承知のはずである。その上であえて手を出したのだ。

ハンカチを鼻に押し当てたまま、レジ前のマスターに訊いた。

「勘定は」

マスターは無言で千円札を数枚差し出した。波多野が置いていった万札の釣り銭だ。

沢渡は首を振って受け取らずに店を出た。

——あんた、あのときの男だな。そうかい、サツカンだったのかい。サツが女を見殺しかい。

あれこれと昔のことを思いながら大井町のアパートに帰る。それに波多野のことも。過去の波多野と現在の波多野。殴られた鼻が沁みるように痛んだ。

あのとき。まだ駆け出しだったとき。深夜に一人、自分の車で西新宿の裏通りを走っていた。仕事ではない。先輩に誘われた飲み会の帰りだった。一緒に飲んだ同僚や先輩にはタクシーで帰ると嘘をついて、こっそり自分の車に乗ったのだ。後ろめたくは思ったが、意識ははっきりしていたし、運転には絶対の自信があった。一度だけだと自らに言い聞かせてキーを回した。

先輩は店で得意げに警察官の心得を説いていた。曰《いわ》く、警察は原則民事不介入、要は見て見ぬふりがその本分。曰く、上が黒と言えば白いも黒、上層部には逆らうな。曰く、他人の仕事に口出すな、自分の点数だけ考えろ云々《うんぬん》。警察に入って以来、もう散々教えられてきたことだったが、相手が大先輩でもあるので沢渡は殊勝な顔で拝聴した。その屈託が普段より質《たち》の悪い酔いを呼び、判断を誤らせたのだと今は思う。

雑居ビルや店舗が入り交じる通りで赤信号に引っ掛かった。歩行者もいない深夜の横断歩道。信号が青になったのを確認して発進した直後、前方に女が飛び出してきた。急ブレーキを踏んで停止する。間一髪、衝突はしなかったが、女は凝然と立ち尽くしている。後続の車は沢渡の車を次々によけ、無関心に流れていった。

女が飛び出してきた方から、すぐに数人の男達が走ってきた。女を追ってきたらしい。彼らが叫んでいる言語を聞き取り、沢渡は顔をしかめた。中国語だった。女は我に返ったように沢渡の車に近づき、フロントガラスを叩いて叫んだ。

救命《ジウミン》（助けて）。

運転席の窓は開けていた。女の顔が間近に見えた。

沢渡は躊躇《ちゅうちょ》した。今の自分は非番であり、普通の私服だ。警察官に任官した者は、勤務時間外のプライベートでトラブルに遭遇した場合、自分で処理せずにまず一一〇番通報するよう普段から教育されている。また中国人らしいのも気になった。日々アジア系外国人の引き起こす事案に対処する警察官にとって、相手が中国人であるかどうかは重要で、判断に大きく作用する。東南アジア系の外国人に比べ、中国人には何か命懸けとでもいったような必死さがあり、多くの場合一方的にまくし立てるばかりで話を聞かない。

一般に、人は警察官を制服で判断する傾向にある。特に興奮状態にある者は。今の場合、警察官であっても制服を着ていない自分が仲裁に入っても、逆に食ってかかられるのが落ちだ。こういうとき、わざわざ自分から中国人に声をかける警察官はまずいない。

それに、万一刑事事件であった場合、勾留手続き等で丸一日拘束される。夜勤明けで飲んだ体で、そんなよけいな仕事を背負い込みたくはなかった。

そうだ――そこまで考えて沢渡は蒼白《そうはく》になった――今の自分は飲酒運転の真っ最中だ――

飲酒運転は問答無用で懲戒免職となる。通報はできない。

追いついた男達が女を取り囲む。中の一人が沢渡を睨みながら大きな身振りで前方を指差している。早く行け、という顔で。おまえには関係ない、関わり合いになりたくなければとっとと行け――

囲まれた女の方を見ると、うなだれて黙っているだけだった。剣呑《けんのん》な雰囲気だったが、その時点で特に暴力が振るわれているわけではない。

別の男がボンネットを叩いて中国語で喚《わめ》いた――早く行けよ。

言われるままに車を出した。アクセルを踏み込み、バックミラーに目を遣《や》った。女が顔を上げてこっちを見た。鏡の中で視線が合う。恨めしげな一瞬の視線。すぐに小さく遠ざかって見えなくなった。

息を吐いて沢渡は自分に言い聞かせた。夜の街にはよくある揉め事だと。大したことはないのだと。

それっきり忘れた。忘れたと思いたかった。しかし心のどこかに残っていた。あのときの不穏な空気。女の視線。

半年後、つまらない傷害事件の絡みで一人のヤクザと会ったとき、相手はしげしげと沢渡の顔を見て言った。

――あんた、あのときの男だな。

それが波多野だった。広域指定暴力団東甚連合系滝本組の組員で、新世代の武闘派として頭角を現わし始めた頃だった。

沢渡は最初相手が何を言っているのか分からなかった。

――そうかい、サツカンだったのかい。サツが女を見殺しかい。

話すうちにすぐ分かった。西新宿の横断歩道。波多野は当時の兄貴分と一緒に、中国人達の騒ぎを近くから見ていたという。女に助けを求められながら、すげなく去った男の顔も。

――かわいそうに、あの女は殺されたよ。あんたが見捨てた直後さ。

知らなかった。そう口にしようとしてやめた。自分は管内の殺人事件のすべてを把握しているわけではないし、死体が未《いま》だ発見されていない、すなわち表面化していない外国人の殺しなどいくらでもあるだろう。

――あのとき俺は仕事の交渉中だった。横断歩道の前の中華屋さ。そこで中国人と仕事の話をしてたんだ。その店の厨房で騒ぎが起こった。詳しいことは知らないが、あの女は連中の組織にとって何かまずいことをしでかしたらしい。口を挟むわけにもいかねえし、かと言って商談の途中で帰るわけにもいかねえから、俺は黙って成り行きを見てたんだ。兄貴も目で俺に言ってたよ、「よけいなことを言わずに黙ってろ」ってな。当時の俺は、兄貴分に逆らうことなんてできやしねえ。そのうち誰かが、面倒だから殺してしまえって言い出した。それくらいの中国語は俺にも分かるさ。それまで大人しかった女が、途端にすげえ勢いで男の手を振りきって店から逃げた。中国人達は慌てて追いかけてった。店からは横断歩道のあたりがよく見えた。飛び出した女が車に轢《ひ》かれそうになって捕まったことも、女を見捨てて逃げた運転手の顔もはっきりとな。

そこで波多野は、武闘派に不似合いな、悔恨とも言えるような表情を見せた。

――俺も同じだ、あんたと同じであの女を見捨てたんだ。

信じられない思いだった。ヤクザでありながら、波多野は女の死を悼み、自らを責めているらしかった。

――中坊の頃、半グレみたいな先輩連中が寄ってたかって女を殴るのを何度も見た。嫌なもんだったぜ。自分はあんな半端な奴らとは違うと思ってたが、気がついてみりゃあおんなじだ。似たような悪さを散々やってきて、あのときだ、どういうわけかあのときフッと考えた。俺は何をやってんだろうなって。

暴対法、暴排条例が施行され、カタギと見分けのつかない経済ヤクザが幅を利《き》かす時代、新世代の武闘派とは、つまりは今どき珍しい時代遅れのヤクザを揶揄《やゆ》した蔑称でしかない。そのことの意味を沢渡は思い知った。いや、昔もこんなヤクザはいなかっただろう。〈人情味〉は現実のヤクザにとってハンデでしかない。波多野という男は、確かにハンデを補ってあまりある何かを持っていた。

言うな、言ってはならない――そう押しとどめる心の声を振りきって、言わずもよいことを、沢渡は目の前のヤクザに言っていた。

――飲んでたんだよ。

相手の人情に感化されたわけではない。そうではなかったと思う。確かなところは今でも分からない。

――なに？

――あのとき俺は飲んでいた。だから通報もできなかった。してたら俺はクビになってた。

――言いわけになるかよ、そんなことが。

そうだ、言いわけにもならない。近くの公衆電話から匿名で騒ぎを通報することもできたのだ。しかしそれは後から考えればの話であって、あのとき自分は、女が殺されるとは思ってもいなかった。いや、バックミラーに映った女の目。あの目は運命を予感させるに充分な重さを孕《はら》んでいなかったと言い切れるか。だから自分の心に深々と刺さって残り続けたのではなかったか。

——言いわけじゃねえ。

いかにも言いわけじみた口調で呟くと波多野が応じた。

——じゃあ俺がチクってやるよ、こいつは飲酒運転の最中に女を見捨てて逃げましたってな。

——やってみろよ。こっちはシラを切るだけだ。それにおまえだって、中国人の殺しをチクったと連中に知られちゃまずいだろ。

しばし睨み合ってから、沢渡と波多野は同時に重い吐息を漏らした。

期せずして、思わずして、二人は互いの傷を見せ合った。それが腐れ縁の始まりだった。

〈腐れ縁〉と一口に言うが、腐っているのは自分だけだと終始沢渡は自覚していた。波多野に会うといつもそのことを思い知らされる。だから会うのが嫌だった。

事務所、あるいは縄張り内《シマウチ》で、若い衆に囲まれている波多野は確かに強面《こわもて》の武闘派だ。ヤクザであるから悪さもする。現に組対には彼に関するファイルが何冊もある。そこに記述されている通り、抗争の火種となりかねない危険な男だ。上部団体である東甚連合の意に反してまで、戦闘的な姿勢を示すことさえある。現代のヤクザ社会では考えられないことだった。しかし波多野の本当のあり得なさは、実はファイルには記されていない。

波多野は、通常とは逆の意味で〈陰日向《ひなた》のある〉男だった。思わぬとき、思わぬところで、思わぬ人情味を見せる。ちょうど沢渡に中国人の女の死を告げたときのように。周囲の若い衆にはそんなところは少しも見せない。ヤクザ社会での強面が日向であり、隠された甘さが陰なのだ。

反対に自分には陰日向がないと沢渡は思う。陰日向なくみじめで意気地がない。そんな自分からすれば、波多野という男のありようは腹立たしいほど羨《うらや》ましかった。警察はヤクザ以上の縦割り社会だ。上には到底逆らえない。そんな性根が自分には染みついている。

ただ組織に従順であれ——上からそう言われてそのままに生きてきた。反発する気骨など到底ない。上に媚《こ》び、下にもへつらい、横にはもっと気を遣う。可も不可もなくを理想とし、ただすべてを受け流す。それだけを心得として生き延びた。

警察官になった頃はこうではなかった。理想とまではいかないにしても、自分は何かを持っていたような気がする。だがそれも今では曖昧《あいまい》で、もとからこんな質であったようにも思う。昔の自分がどうであったのか、しかとは思い出せないほどに、すでに記憶も曖昧だった。

そんな屈託の無意味さもまた自覚する。警察官の自分がどうしてヤクザに引け目を感じなければならないのか。なまじ同じ傷を持っていると知ったせいか。不条理であるとさえ日々思う。


アパートの浴室で鏡を見る。波多野に殴られた顔は、それほど腫れてはいなかったが、鼻血が口髭の端にこびりついていた。石鹸で顔を洗いながら考えた。

波多野。沈。天老会。義水盟。そしてペンママ。

天老会は沈を追っている。沈が『ペンママ』を握っているからだ。波多野はあわよくばそれを横からかっさらおうと考えているが、肝心のペンママが何か知らない。

ペンママとは果たして何か。

ペンママ……ペンママ……

電器屋にもらったタオルで顔を拭きながら、何か食べるものはないかと冷蔵庫を覗《のぞ》いてみる。何もない。当たり前だ。自分が買っていないのだから。舌打ちして缶ビールを取り出し、テーブルに視線をやると、広げたまま放置してあったコピーの束が目に入った。正規のメーカーによるペンちゃんグッズのカタログやチラシのコピーだ。頭に入れておけと言われて昨日持ち帰った。

缶のプルトップを押し開けながら安いダイニングチェアに腰を下ろし、コピーを手に取る。坊主頭の小僧の図案が何枚も続いている。小僧とその家族の絵。胸やけに似た思い。げっぷが出る。このマンガ絵はもううんざりだ。

火の気《け》のない台所にいると、爪先から体の芯まで冷えてしまいそうだった。押入れからストーブや電気毛布を引っ張り出さねばと何日も前から思っているが、面倒なので何もせず、ただ寒いのを我慢している。

ちびちびとビールを飲みつつコピーを流し読みしていた沢渡は、突然「あっ」と声を上げた。

少し考えてから、携帯電話で発信する。

〈なんだよ〉

波多野はすぐに出た。不機嫌そうな声だった。

「ペンママが何か分かった」

〈本当か〉

「ああ」

〈早く言え〉

「さっきの話、俺の点数になるようなネタを流すってやつ、あれは大丈夫か」

〈分かってるよ〉

「本当だな?」

〈心配するな。もったいぶってねえで早く言え〉

ビールを一口すすってから答える。

「ペンちゃんのママだ」

〈なんだって?〉

「ペンちゃんのママでペンママ。知ってるだろ、らくがきペンちゃん」

〈マンガのアレか〉

「そうだ」

相手は一瞬黙り込んでから言った。

〈くたばりやがれ〉

## 三

ペンちゃんのママ。いたずらざかりの幼稚園児に振り回される主婦という設定。ただの漫画のキャラクターだ。しかし作中のみならず一般的にペンママの略称で呼ばれているのも事実である。それが裏社会の住人達の探す『ペンママ』なのかどうか。

義水盟はペンちゃんの偽物商品をさばいている。偽ブランド品、義水盟、沈。ペンママはそのラインでつながるような気がした。ただし根拠は薄いというよりないに等しい。単なる偶然ということもあり得る。実際波多野は沢渡にからかわれたと思ったようだ。

ペンママ。そのことばかりを考える。漫画関係のグッズには目の玉の飛び出るような値段のつくものもあるという。だとしても天老会や滝本組の資金源になるようなものではないだろう。もしや、偽ブランド品の流通ルートに関わる手掛かりか。

庁舎内の自分のデスクで、書きかけの報告書を表示したパソコンのモニター画面を睨みながら沢渡は考え込んだ。この段階で報告すべきかどうか。とりあえず報告しておいた方が無難だが、なんの関係もなかった場合、大馬鹿呼ばわりされかねない。その一方で、大当たりであった場合、手柄を独り占めにしたいという欲も動いた。

「沢渡、ちょっとこっち来い」

離れた席で小淵が呼んだ。

「なんでしょう」

立ち上がって上司のデスクに向かう。

「なんでしょうじゃねえよ。ペンちゃんの方はその後どうなってんだ」

苛立《いらだ》ったような声で催促される。

「進んでますよ」

「進んでねえじゃねえか。大元をパクるってのが今度の狙いだろ。ペンちゃんシャンプーやペンちゃんエプロンのパチモン卸を二、三人挙げたところでどうなるっていうんだよ。それになんだ、おとといの報告書。先週のと二、三行違うだけじゃねえか。おまえ、手ェ抜いてラクしてんじゃねえよ」

「はあ」

「分かってんのか。このままだとおまえ、次の異動でどうなるか。俺まで巻き添えになったらどうしてくれるんだ」

教師に叱られる小学生のように俯いた沢渡は、ペンママのことを持ち出そうかどうか逡巡《しゅんじゅん》していた。何か新しいネタのあることを示唆しなければ、自分の評価は下がる一方だ。

意を決してペンママのことを口にしようとしたとき、小淵が唐突に切り出した。

「例の義水盟、他の班も上からハッパかけられてるらしい。その線で行けって」

「え、ちょっと待って下さいよ、義水盟は自分の上げたネタですよ」

「知らねえよ。他の班もよそで同じネタを拾ってきたのかもしれないし。上もそれだけ重要視してるってことだろう。うかうかしてると全部持ってかれるぞ。分かったらしっかりやれ」

一礼して自分の席に戻った。刑事がそれぞれ自分のネタを秘匿して金星を狙う時代ではない。それは分かっている。しかしどうにも釈然としなかった。こうなったら報告するのはそれなりの目星がついてからだと思った。

他の班の連中は一体どこから義水盟のネタを取ってきたのか。無論個々の捜査員に正面から当たっても素直に教えてくれるわけがない。周辺から当たりをつけるしかなかった。そしてそれらのネタ元からさらに有力なスジを絞り込む。

小売業者から仲介業者、さらには卸元とそのバック。本筋である偽ブランド商品の流れから次第次第と範囲を広げる。枝から枝へ。根から根へ。無数の細かい樹形図を遡《さかのぼ》るように調べ上げる。

さらには入国ブローカーの線も当たってみた。わずかながらに成果らしきものがあった。それと偽ブランド商品の捜査の結果——まだ結果と呼べるほどのものでもないが——を突き合わせる。

ようやく〈当たり〉の感触があった。偽ブランド品専門の故買屋から、沢渡はある男の名前を聞き出した。

しかしそこで行き詰まった。どうしてもそれより先へと進めない。

散々に迷った。方法がひとつある。だが馴《な》れ合いと見られるのは避けたかった。ましてや癒着と誤解されたら恐ろしい。いや、誤解でもなんでもなく、馴れ合いであり癒着である。それは沢渡が今日まで極力避けてきたことだった。

あれこれと悩んだ末に腹を決め、苦い思いで電話した。

「沈の居所だけどよ、知ってそうな奴を見つけたぜ」

〈それを自慢しようってのか〉

いまいましげな波多野の声。どこかの店で飲んでいるらしい。

「まあな」

〈切るぞ。もう二度とかけてくるな〉

「待てよ、知ってる奴を見つけたのはいいが、そいつの居所が分からねえ。こいつを捜し出すのは警察だけじゃあ時間がかかる」

波多野の属する滝本組は上部団体の東甚連合から上納金の増額で締めつけられている。暴対法に加えてこの不況だ。ヤクザも厳しい。案の定乗ってきた。もともと取引を持ちかけてきたのは波多野の方だ。

〈ちょっと待て〉

電話の向こうで移動する気配。周囲の騒音が消えて波多野の声が明瞭になる。

〈話せ〉

「土田《つちだ》っていう詐欺師だ。昔は地面師だったらしいが、今はなんでも屋のブローカーだ。こいつが義水盟らしい連中の不法入国に一枚嚙んでる」

〈それで〉

「広田《ひろた》連合会の周辺でうろちょろしてたみたいだが、あれこれヘタ打って今は行方《ゆくえ》をくらましてる」

〈分かった。広田なら若頭補佐の丸井《まるい》を知ってる。任せとけ〉

どうやら無事に協定を結べたようだった。

電話を切った沢渡は大きく息を吐いた。ヤクザとの協定。こうなってみると抵抗はもうほとんど感じなかった。後は結果を待つだけだ。

裏社会の隙間に身を隠した鼠《ねずみ》を狩り出すには、裏社会の住人に任せるのが一番だ。それも力のある住人に。警察がやるよりもずっと早く、効率的にやってくれる。沢渡としては、同僚や上層部に知られずに済むことも都合がよかった。

結果は三日後に出た。目当ての男は厚木の民家に潜伏しているという。自ら厚木に出向いた波多野は、身を潜めていた土田を捕まえ、難なく沈の居所を聞き出した。

〈松戸だってよ。千葉の松戸〉

携帯から勢いよくあふれ出そうな波多野の声。

〈他にも沈の立ち回り先が三つある。全部言うぞ、いいか〉

「待て、鉛筆が見つからねえ」

〈早くしろよグズ〉

「……よし、いいぞ」

庁舎地下の食堂でうどんをすすっていた沢渡は、箸を置いて波多野の告げる番地を手帳に書き留めた。いずれもアパートもしくはマンション。義水盟の拠点か。

「分かった、後はこっちに任せろ」

携帯を切った沢渡は、うどんを半分残して立ち上がった。

「おい、どうなってんだ」

新青梅《しんおうめ》街道に面した中野のファミレスで、向かいに座った波多野が押し殺したような声で切り出した。

「それはこっちが訊きてえな」

沢渡は憮然《ぶぜん》として答える。その日のうちに間髪を容《い》れず沈の立ち回り先を当たったが、見事な空振《からぶ》りに終わった。告げられたアパートはほとんどが空室になっていて、中にはすでに取り壊されて更地になっているものもあった。

「あんた、いつものドジ踏んで沈に気づかれたんじゃねえのか」

「そっちこそ土田にデタラメつかまされたんじゃないのか。何しろ奴は詐欺師だからな」

「それはねえ。そんなことをすりゃ自分がどうなるか、奴だって分かってるはずだ」

「じゃあ一体どうなってんだよ」

こいつを信用したのは間違いだったのか。沢渡はそんな思いで波多野を睨む。腐れ縁の年月の長さに油断したのか。いくら情に厚いといっても、しょせんこいつはヤクザだ。警察が信用できないからといって、ヤクザが信用できるということにはならない。相手も同じ思いなのだろう、疑惑の眼差《まなざ》しでこっちを見ている。

険悪な雰囲気で睨み合っていると、出し抜けに現われたスーツの男がスイと沢渡の隣に座った。まるで会合に遅れてきた古い友人のように、リラックスしたごく自然な態度でウェイトレスにアイスティーを注文している。

沢渡と波多野は呆気《あっけ》に取られて男を見る。丁寧にセットされた髪。知的な細面《ほそおもて》にブルーの入った眼鏡。どう見ても一般人だ。

「おい……」

波多野がようやく怒気を孕んだ声を発したとき、男は静かな口調で言った。

「俺を捜してるんだってな」

日本語。しかしイントネーションが微妙におかしい。沢渡と波多野は同時に察した。

「沈か」

沢渡の問いに、男は無言で頷いた。色つきレンズの向こうの目には、感情のようなものは何もなかった。虚無とも違う、言いようのない静けさだった。

二人は反射的に周囲を見回す。平穏な夜のファミレス。男が手下を連れてきた様子は少なくとも店内にはなかった。

波多野は、ヤクザ特有の威嚇と、抑えきれぬ興味とが半々に入り混じる目で沢渡の隣に座った闖入者《ちんにゅうしゃ》をまじまじと見ている。沢渡も同様だ。男の外見は二人の知る中国人犯罪者のイメージからはかけ離れたものだった。不法入国の無法者を束ねる犯罪組織の幹部には到底見えない。細身の体を包むスーツも派手すぎず品がある。あまりに落ち着いていて年の頃は分からない。一見すると若いが、それでいて古狐のように老けた感じもする。

何を考えている——天老会が躍起になって捜しているというのに、しかもこっちは警察だ——こいつは一体何を考えている——

すぐにアイスティーが運ばれてきた。ウェイトレスが去るのを待ってから、沢渡は男に言った。

「おまえ、前からこっちを見張ってたんだな。俺達がいずれ土田のとこに行くのも分かってた。だから余裕でかわせたってわけだ」

「見かけよりは頭がいいようじゃないか、沢渡さん。さすがに土田のことを突き止めただけはある」

沈が片頬を歪《ゆが》める。いけ好かない笑いだ。

「俺達を見張ってただって？」

対面の男を見据えたまま波多野が首を傾《かし》げる。

「その上自分から俺達にツラ晒《さら》しに来たってのか。一体どういうわけなんだ」

「さあな。そいつをこれから聞かせてもらおうぜ。大方はペンママ絡みだろうがな」

「ペンママか」

アイスティーのグラスにストローを突き立てながら沈が意味ありげに呟いた。

「マルタの鷹じゃあるまいし」

「丸太がどうしたって？」

波多野がドスを利かせて聞き返す。沢渡も沈の言葉の意味は分からなかった。

沈は肩をすくめて付け加えた。

「マクガフィンだよ」

「ああ、パンみたいなアレか?」

また聞き返した波多野に、

「忘れてくれ。ヤクザや警官に教養は必要なかったな」

溜め息混じりにそう呟いて、沈はストローでアイスティーを口に含んだ。

馬鹿にされたことだけは沢渡にも理解できた。

「警察ナメてんじゃねえよ、沈さん。あんた、義水盟のカシラなんだろ。いろいろあるから、訊きたいこと。ここじゃ話せないってんなら、もっと話しやすい所に同行してもらってもいいんだよ」

沈はまるで動じる様子もなく、

「それでもいいが、困るのはそっちじゃないのか。刑事とヤクザが仲良く連れ立って宝探しか」

「捜査協力だ」

沢渡は沈から視線を逸らさず、顎で波多野を示した。

「こいつは善意で情報を提供してくれてるだけだ」

「そうか、じゃあ監察にもそう言うんだな」

「調子のんじゃねえぞコラ」

波多野が低い声に殺気を滲《にじ》ませる。

「なんならこっちの事務所に同行するか。言っとくけどよ、ウチは任意とか勾留期限とかねえからな」

「それがいいかもしれないな」

「なんだと？」

「さっきの沢渡さんの話、あれは当たっていると言えば当たっているが、また外れているところもある」

落ち着き払った沈の口調が、一層深く静かなものとなった。本題を切り出しにかかったと沢渡は悟った。

「見張っていたのは正確には〈あんた達〉じゃない。波多野さん、〈あんた〉だ」

そう言って、沈は目の前のヤクザをまっすぐに見据えた。

「俺はあんたに会いに来たんだ」

妙な成り行きだった。沢渡は黙って二人の顔を見比べる。

「波多野さん、阿君《アジユン》という女を覚えているか。上野の大青《だいせい》飯店に勤めていた女だ」

「知らねえな」

波多野が即答した。その答えの早さに、沢渡は波多野が嘘をついていると直感した。

沈はスーツの内ポケットから銀行の名前の入った封筒を取り出し、テーブルに置いた。相当に分厚い。

「覚えがなくてもこれは受け取ってもらう」

波多野は封筒に手を出そうともせずに沈を睨みつけている。

「あんたにはなんの関係もない女だ、忘れていたとしても不思議はないが、七十万も貸した相手を忘れるってのは不思議だな」

沈は封筒を波多野の前に押しやって、

「阿君は今シンガポールで暮らしてる。楽ではないが人間らしい生活だ。あんたに伝えてほしいと言われた。自分が死んで灰になっても感謝してるってな」

「てめえ、阿君のなんだ」

「心配するな。当時のいざこざとは関係ない。阿君の従兄弟《いとこ》が義水盟の仲間とつながりがある。それで俺が返済の金を預かった」

「おい、俺にも分かるように言え」

口を挟んだ沢渡に、

「波多野さんはね、二年前阿君という女に頼まれて金を貸したんだ。トラブルに巻き込まれてすぐに日本を出なければ命に関わるところだった。だが阿君には金がなかった。顔見知りというだけの女に頼まれて、波多野さんはこっそり金を用立てた。頼んだ阿君も驚いたそうだ。返す当てもなく、これから国を出るという女に金を貸すヤクザがいるなんてな。しかも女に逃げる金を与えたと知られたら、波多野さんが恨みを買ってもおかしくない状況だった」

「おまえ、そんなことをしてやがったのか」

「まあな」

ばつが悪そうに波多野が頷く。

そうだった——こいつは人の見ていないところでいいことをする奴だった——

「その女に惚れてたのか」

「いいや」

嘘ではないと刑事の直感が告げている。沢渡は呆れた。呆れながらも腑《ふ》に落ちる。東十条の路地裏でも女を助けた。波多野はずっと変わりたいと思っていたのだ。心の底から真剣に。女を見殺しになどしない男に。

「阿君の従兄弟から話を聞いたとき、俺も最初は信じられなかった。もっとも、ヤクザにとって七十万という金は大した金額ではないかもしれないが」

「大きいに決まってるだろう」

苦々しげにそう言って波多野が封筒を納める。沢渡は思わず呟いた。

「馬鹿かおまえは」

波多野のシノギが楽ではないことを沢渡は充分に知っている。波多野の行為はヤクザのものでもカタギのものでもない。馬鹿の自殺行為だ。自分は到底そんな馬鹿にはなれない。

「それで俺も興味を持った。そんなヤクザがいるのかってな。だから金を返す前に、波多野さんの周囲を調べてみようと思ったわけだ。そしたらどうだ、こっちを捜してるところじゃないか。しかも妙な相棒つきだ」

「別に相棒ってわけじゃない」

慌てて相手の言葉を否定した。我ながら言いわけじみて聞こえた。

「そうか。俺の日本語が間違っていなければ、〈おまけ〉か〈余計者〉の方が正確かな」

舌打ちする。一目置かれるのはいつも波多野だ。

沈はそんなことなどどうでもいいという顔で、

「波多野さんが警察に尻尾《しっぽ》を振るような男とも思えなかった。警察ってのはどの国でも屑《くず》の集まりだからな。あんた達のつながりが今ひとつ分からない。それが気になった。普通ならどうでもいいことなんだろうが、俺の勘というやつだ。それでこういう形で会うことにしたってわけだ。阿君の金を返すついでにな」

どう応じたらいいものか、すぐには判断がつきかねた。波多野も同じ思いだろう。

黒社会の住人とは思えない沈という男の、常人には理解し難いロジック。しかしその〈勘〉――着眼点の鋭さに沢渡は唸《うな》った。

「妙なゴマカシはやめろ。そんなことよりペンママについて話せ」

低い声で言う波多野に、沈は平然とうそぶく。

「こっちの用はもう済んだ。ペンママが何か知りたかったら、まず俺の好奇心の方を先に満たしてくれ」

不意に波多野が笑みを浮かべた。

やめろ、言うな――沢渡は制止の目で腐れ縁のヤクザを見る。

「俺達はな、昔ある女を一緒に見殺しにしたんだよ」

「波多野！」

沢渡の制止に構わず、波多野は続けた。

「だから俺は女に弱い。情婦《イロ》でもねえ、かと言って見惚《みと》れるようなマブでもねえ、そんな相手でも金を貸せ、貸してくれなきゃ死ぬしかないとか言われると、返らないのが分かっていながら貸しちまう。一方こいつは相変わらずの甲斐性《かいしょう》なしで、偉いさんの顔色を窺うばかりのろくでなしのしみったれだ。まあ警官なんてのは大体そんなもんだがな。だからたまにこいつを見ると、俺はまだマシなんだと好《い》い気分になれる。そういうわけだ」

具体的なことにはまるで触れず、また戯《ざ》れ言《ごと》めいた軽い口調でありながら——それに韜晦《とうかい》も混じっているが——波多野は本心を吐露していた。彼の気迫と、沢渡の見せた狼狽《ろうばい》に、沈は真実に近い何かを感得したようだった。

「それで、ペンママは」

一転した凄《すご》みで波多野が促す。

「おまえの番だ。とっとと話せ。ペンママってのは一体なんだ」

「教えてやる」

素直に応じた沈に、沢渡も波多野も身を乗り出す。

「ペンママとは、ペンちゃんのママだ」

まんまじゃねえか——

絶句する二人を尻目に、沈はすました顔で立ち上がる。

「会えてよかった」

スーツに似合わぬ合成皮革の財布から千円札を抜き出し、テーブルの上に置く。

「次はこっちから連絡する。次があるとすればだが」

そう言い残して踵《きびす》を返した沈の背中に、沢渡は咄嗟《とっさ》に声を投げかけた。

「あんた、歳《とし》はいくつだ」

「三十六」

素直に、そして素っ気《そけ》なく答え、沈は飄然《ひょうぜん》と去った。

彼に質《ただ》すべき重要なことはいくらでもあった。だが沢渡はあえて年齢を訊いた。

その答えに内心で呻く――畜生、あの貫禄で俺とタメか。

後を追う気にもなれず、沢渡は波多野と顔を見合わせた。

今の男、スジ者にもカタギにも見えないあれは、一体全体どういう男だ――

# 四

完成償还（返済完了）。

その文言をパソコンからメールで送信し、沈は深々と椅子の背にもたれかかった。

阿君はほっとするだろう。

——ヤクザですよ、日本のヤクザ。ろくなものじゃないですよ。日本じゃ散々酷《ひど》い目に遭いました。特にヤクザには泣かされました。

薄暗いマンションの一室。都内に何か所か確保している事務所のひとつだ。この場所を知る者はごく少ない。

——日本人は嫌いです。あいつらはアジア人をバカにしてます。でも波多野さんは、どういうわけか、あのとき黙ってお金を貸してくれた。ひょっとしたら何かあたしも知らない、ヤクザなりの理由があったのかもしれない。でもね、あたしには理由なんていいんです。死んで灰になっても感謝している、できるならあの人にそう伝えて下さい。

地下銀行の真似事は〈業務〉のうちだが、それはもっぱら日本から中国や東南アジアへの送金だ。逆の経験はあまりない。メッセンジャーの真似事となるとなおさらだ。だが面白い経験だった。波多野というヤクザは、相当変わった男らしい。阿君の話していた通りだ。沢渡という間抜け面《づら》の警官とのつながりも興味深い。自己憐憫《れんびん》の気味のある波多野の述懐に、多少の脚色があったとしてもだ。奇《く》しくも沢渡の漏らした通り、馬鹿な男だと思う。日本人は概して馬鹿だが、その馬鹿とは種類の異なる馬鹿だ。この馬鹿は嫌いではない。

沈のもとにはネットワークを通じて日々多くの〈案件〉が持ち込まれる。阿君の件もそのひとつだ。波多野と沢渡に言った通り、仲間を通じて依頼された。

阿君の件は片づいた。だがもう一件残っている。ペンママだ。

キーを叩いてパソコン画面に『ペンちゃん』関連商品の在庫管理画面を呼び出す。もちろん全部偽物だ。親交のある組織からやむなく引き継いだ事業だが、こういう商売はどうにも性に合わなかった。『山寨文化』と言いつくろってみたところで、偽物は偽物だ。イノベーションというのもおこがましい。そんなうそ寒いペテンに中国の誇りと未来があるなどと、半ば本気でむきになって言い張るところが嫌だ。裏と表が、建前と本音が混然となっている中国らしい。沈はそんな祖国を冷笑する。

その日その日を死にもの狂いで生き抜こうと零細業者がやむなく手を出す分には知ったことではない。だが山寨文化を標榜しつつ携帯やパソコンのコピー商品を売る輩《やから》は、ビジネスマンを気取る分だけ山賊よりも卑しく醜い。

前々から考えていたことだが、この商売はもうやめにしよう。だが実際に整理を始めた今になって、ペンママと阿君の件が波多野という男でつながった。

目を閉じて考える——波多野は利用できないか。利用できるなら利用する。情がある男は少ない。信用に値する男も少ない。情があって、信用に値する男はもっと少ない。中国にも、日本にも。波多野がどういう男であるか、あえてこの目で確かめた。

デスクが微かに振動する。パソコンの横に置いておいた携帯に着信。部下の一人からだった。

「稍等《シヤオドオン》（ちょっと待て）」

携帯を耳に押し当てたまま、すぐにパソコンのモニターにテレビ放送の画面を開く。告げられたチャンネルに合わせると、封鎖されたマンションの玄関と、出入りする大勢の警察官の様子が映し出された。

アナウンサーが告げている——

〈マンションの住人の証言などから、警察は殺されていた二人の男性が一〇五号室に居住していた中国人である可能性が高いと見て調べを進めています〉

自席のパソコンで〈マルタノタカ〉についてあれこれと検索した沢渡は、それがようやく『マルタの鷹』のことらしいと気がついた。アメリカの古典ミステリーで映画にもなっている。主人公は私立探偵で、〈マルタの鷹〉なる秘宝を巡って悪人達が争奪戦を繰り広げる。広く知られた物語のようだったが、自分はまるで知らなかった。沈が〈教養〉と言ったわけが分かった。

教養なくて悪かったな――

そう独りごちてから改めて思い至る。沈にはその〈教養〉があるのだ。

単に頭がいいだけの犯罪者なら中国人組織の中にも大勢いる。日本の警察やヤクザが手を焼くような狡猾《こうかつ》な連中だ。だが沈は彼らとは根本的に異なっていた。おそらくは大都市の富裕層出身。不法入国者の大半を占める農業戸籍の農民や民工（都市部への出稼ぎ農民）上がりではない。

また波多野がマフィンと勘違いしたのはどうやら〈マクガフィン〉であるらしい。元は映画用語で、要はストーリーを転がすお宝だ。してみると、沈の言葉とは裏腹に、『ペンママ』とはやはり何かの重要アイテムか。少なくとも、単純にペンちゃんのママであるとは思えなかったし、そもそも沈の言動は不可解すぎて理解の範囲を超えている。

俺もお宝を狙うその他大勢の悪党ってわけか――

パソコンの画面を見つめながらいまいましい思いに囚《とら》われていたとき、背後から不意に声をかけられた。

「大森の中国人殺しな、あれ、マル害《ガイ》（被害者）はどうやら義水盟の関係者らしいってよ」

上司の小淵だった。

「ほんとですか」

思わず声を上げていた。

大森のマンションで二人の遺体が発見された事案は、本庁でも注目を集めていた。明らかに黒社会絡みだ。大森署に設置された捜査本部には組対からも多数の人員が出ている。だが担当違いの自分に関わってこようとは思っていなかった。

小淵は大きく頷いて、

「大森署じゃ中国人の内輪揉めと見てるらしい。おまえに任せてた義水盟の線、ありゃあひょっとしたらひょっとするぞ。ペンちゃんグッズの捜査なんて、どうせ生安の仕切りだしなあとか思ってたが、殺しにつながってるとなりゃあ話が違ってくる。うまくすればこっちが主役だ」

「そうですね」

曖昧に同意する。小淵と同じ高揚を感じてはいるが、心中は複雑だった。ペンママについてはまだ報告していないのだ。中野のファミレスでヤクザを交えて義水盟の幹部と会ったことも。到底報告などできなかった。

「いいか沢渡、しっかりやれよ。来週の頭に全体会議があるから、それまでにこのネタを固めとくんだ。俺もバックアップするからよ、頼んだぜ」

いつもは愛想のかけらもない小淵が、珍しく機嫌がよかった。はあ、とやはり曖昧に返答しながら、沢渡は困惑と焦燥を感じていた。

もちろん義水盟を一網打尽にして手柄にしたい。またそうしなければ自分の立場がない。ペンママの謎も解いて、できれば現物を手に入れて、会議の席上で報告できれば痛快だろう。上層部の驚く顔が目に浮かぶようだ。しかし、波多野との関係については知られるわけにはいかない。

どうすりゃいいんだ——

「なんだ沢渡、そのうすぼんやりした顔は」

「あ、いえ」

いぶかしげな小渕を、さらにうすぼんやりとした笑顔でごまかした。

どうすりゃいいんだ。

庁舎で仕事をしていると、大森の中国人殺しに関する情報は否が応でも聞こえてくる。沢渡はペンちゃん関連の資料に目を通す傍《かたわ》ら、組対のフロアで耳を澄ませた。殺された二人は本名不詳の不法入国者で、マンションの名義上の賃借人とはなんの関係もない別人。二人が中国語で会話しているのをマンションの住人が複数回目撃している。

現場は通常の殺しとは言い難い凄惨なものであったという。二人とも手足をガムテープできつく縛られた上、口に下着を押し込まれている。殺害の実行犯は被害者を悲鳴の漏れない状態に置いてから、腹をほんの数センチ裂き、市販のフォークでゆっくりと時間をかけて内臓を掻《か》き出したらしい。とんでもない猟奇殺人だが、現場の状況は「犯人しか知り得ない秘密」としてマスコミには伏せられた。中国人変質者の快楽殺人という線も考えられるが、組対の意見は一致していた。

犯罪組織特有の拷問だ。組織のスジや地方によって細部は異なるが、極力苦しめてから死に至らしめる黒社会の殺害方法——それが組対の〈鑑《カンシ》〉だった。明らかに熾烈《れつ》な抗争が起こっている。

翌日、新たな中国人殺しの報が組対に入った。

現場は江戸川区船堀の民家である。不法入国者と思われる中国人三名の遺体。手口は大森と同じ。そう聞いて、なぜか居ても立ってもいられなくなった。

担当の山野井《やまのい》係長が組対フロアを足早に横切るのを目にした沢渡は、偽ペンちゃん商品のカタログのような資料を放り出して立ち上がり、後ろから近寄って小さく声をかけた。

「山野井さん、これから現場ですか」

「おう、そうだが」

いかつい筋肉質の山野井が怪訝《けげん》そうに振り返る。

「自分も船堀の現場、覗いていいですか」

「おまえの担当はマンガのパチモンだろう。それがどうしてこっちに来《く》んだよ」

いかにも不審という面持《おもも》ちで訊いてきた。話さないわけにはいかない。

「そのパチモン仕切ってるのが義水盟だってネタがあって。ここだけの話ですが、小渕班で今そっちの線をやってまして」

声を潜める沢渡に、それでなくても炯々《けいけい》とした山野井の眼光がさらに鋭さを増した。

「船堀のマル害も義水盟だってのか。どこだネタ元は」

「いえいえ、タダの勘です」

山野井は、なんだ、という顔で角刈りの頭を撫《な》でながら、

「おまえの勘じゃあアテにもならんな」

彼はしかし、考え直したように言った。

「いいだろう、一緒に来い。ただし邪魔はするなよ。それにネタが入ったらこっちにも流せ。これは貸しだって小渕にも言っとけよ」

同じ組対でも刑事同士の駆け引きはある。手口が大森の事案と同じであることから、山野井は沢渡の言う線もあり得ると踏んだのだろう。

「恩に着ます」

礼を言って山野井に同行した。

林立するマンションの合間で朽ちかけたような二階建ての戸建て住宅。そこが現

場だった。表通りからは家があることさえ分からない。現在の消防法からすると建て替えもままならないような地所だ。長期間にわたって空き家であったという。

山野井らと一緒に中に入った沢渡は、奥の八畳間を一目見て確信した。

大森と同じ奴の仕事だ——

手口は連絡のあった時点で聞いていたし、遺体もすでに搬出されている。しかし実際に現場を見て、その場の放つ気配を感じたかった。

もし自分の見立ての通り、この事案の被害者三人も義水盟の構成員ならば、被疑者は間違いなく天老会だ。目的はペンママ。常軌を逸した拷問も、そのありかを吐かせるために行なわれた。

それにしても、惨《むご》い。日本のヤクザも凄惨なリンチをやるが、中国人のそれの凄絶さには及ばない。何か怨念めいた執念すら感じられる暴力の発露だ。何が彼らを駆り立てるのか。ふとそんなことを思った。自分が直接の担当で現場を見るときには思いもしないようなことだった。貧困、鬱屈《うっくつ》、劣等感。そうまとめるのは簡単だ。実際に役人が作るナントカ白書の類にはそんな言葉が並んでいる。だがこうして現場に接すると、言葉がいかに空虚であるかを痛感する。だから現場捜査員は国と人の〈向こう〉を考えない。「外国人は厄介だ」で済ませていれば楽であるし、そうでないとやっていけない。

場の気配は、充分以上に感じ取った。

「すんません、吐きそうなんで表の空気吸ってきます」

そう言いわけして早々に退出する。山野井達は呆れたように舌打ちしていたが、そんなことは気にもならない。

立入禁止を示す黄色いテープの張り巡らされた玄関から外に出る。狭い路地を行き交う制服警官の合間を抜けて、歩きながら考える。

この分だとさらに死人が出るだろう。天老会は容赦なくやる気だ。義水盟がどの程度の規模の組織か知らないが、天老会と互角以上とは考えにくい。天老会は他の組織とは違う。在日華僑の有力者団体が背後についているという説は、もちろんなんの根拠もない、実話系大衆雑誌の定番ネタめいた都市伝説の類である。そうしたイエロージャーナリズムの中には、『Y工商會』と名指ししているものまであった。アルファベットで曖昧にぼかされたその固有名詞が『友情《ヨウチン》華僑華人工商會』を意味することは、読者大衆の間では半ば公然の秘密、ありていに言えば〈お約束〉であった。

しかし実際に組対で中国人犯罪取り締まりの現場にいる沢渡らも、天老会の背後関係をタブーとするような空気を漠然と感じていた。それでなくても責任を取りたがらないのが警察である。たとえ実体のない枯れ尾花であっても、そうしたものに対して現場は自ずと及び腰になる。政界に近いと言われるある右翼系暴力団と同じで、警察は個別の事案には対処しても、その中枢については触れないというのが決して明文化されない暗黙の決まりである。それに近いものが天老会周辺にはある。日々犯罪の現場で活動する末端の中国人達はそんなことは口にもしないし、彼ら自身、知らされてもいないだろう。末端のさらに末端ともなると、携帯電話で呼び出された留学生や不法滞在者。はした金で人を殺す。身内であればあるほど残忍に。警察もいいかげん黒いが、黒社会の黒さは底なしの黒だ。黒より黒い別の色だ。

　暴力の構造は奥深い。底の底など見たくもないし、考えないのが一番だ。沢渡は肩をすくめたような姿勢で歩き続ける。警察に入って以来、自然と癖になった格好だ。嫌な重さが、体の内外から締めつける。これがさらに重みを増すと、

自分はもう耐えられない。そんな気がした。

自分はコツコツとガキ向けマンガのパチモンを追ってりゃいい、それが自分の分《ブン》てもんだ――

　庁舎に戻った沢渡は、在席していた小淵のデスクに直行した。

「ちょっとお耳に入れときたいネタがありまして」

報告書の山をチェック中だった係長が顔を上げる。

「天老会が追っかけてるブツがあります。ペンママって言うんですけど」

「ペンママ？　なんだそりゃ」

「まだはっきりとはつかんでないんですが、どうもペンちゃんのママに関係してるブツらしいんです」

「ペンちゃんて、らくがきペンちゃんか」

「はい、このペンママってブツを義水盟が囲い込んでまして」

波多野や沈に触れないように、慎重に作り話を交えて報告した。

じっと聞いていた小淵が、苛立たしげに促した。

「細かいところはいいから、要点を早く言え」

「大森と船堀の殺し、あれもペンママに関係してるんじゃないかと」

「おい、全部つながってるんじゃねえのか、それ」

レンズの黄ばんだ眼鏡の向こうで、小淵の小さな目が見開かれた。

「班長もそう思いますか」

「思うどころじゃねえよ」

そうか、うーんと唸《うな》りながら腕を組み、

「これほどのネタとなると、稲森課長にも報告しとかないとな。生安の八木さんにも稲森さんから話がいくだろう。事と次第によっちゃあ来週の会議で大波が来るかもしれんぞ。偽ブランド品と殺しの両面で協力体制とかな。沢渡、おまえ、えらいネタ引いてきたな」

「ありがとうございます」

〈生安の星〉の出来損ないのような笑顔を作り、沢渡は小淵のもとを離れた。

翌日は相も変わらぬ偽ブランド品の通常捜査で上野界隈《かいわい》を回った。仲御徒町《なかおかち》郵便局近くの路上で、沢渡は警察自転車で巡回中の制服警官と出くわした。顔見知りの若い巡査だった。

「あ、沢渡さん、ご無沙汰してます」

巡査は自転車を停めて話しかけてきた。

「捜査ですか」

「まあ、そんなとこ」

「収穫、ありました？」

「あったらこんな不景気なツラしてねえよ」

「そうですよね」

「そうですよねじゃねえよ」

たわいない世間話をしていたとき、巡査の胸元で受令機がピーピーと受信音を発した。管内で一一〇番指令があったのだ。巡査は規則通りすぐさまイヤホンを耳に当てる。

すぐに顔を上げた巡査は、沢渡に向かい、

「上野五丁目で女がマルB（暴力団）と揉めてるらしいです。すぐ近くです」

巡査は何か言いたげな顔で沢渡の方をちらりと見た。一一〇番指令を受けた場合、付近にいる警察官はすぐに現場へ急行せねばならない。彼は沢渡が組対の捜査員であると知っている。暴力団相手の揉め事に一人で向かうのが不安なのだろう。

「いいよ、分かった。一緒に行ってやるよ。近いんだろう」

「すみません、助かります。もうほんのすぐそこですから」

巡査は警察自転車に飛び乗って御徒町駅の方に向かってこぎ始めた。沢渡は軽く溜め息を漏らし小走りで後を追う。

現場は二人のいた場所から本当に近かった。路地に面した休業中のスナックの前で、中年の女と二人の若いヤクザ者が怒鳴り合っていた。叩き割られたスナックのガラスドアと、側《そば》に転がるゴルフクラブ。どうやら女がやったらしい。通報したのは近所の誰かだろう。そして女を罵《ののし》る二人のヤクザの背後に控えている大男は——

（波多野じゃねえか）

波多野の方でもちらりとこちらを見て、一瞬気まずそうな表情を見せた。

若い二人のヤクザにも見覚えがあった。ともに波多野のところの若い衆だった。

（なんだ、滝本組絡みのごたごたか）

女は完全にヒステリー状態にある。ヤクザの方はカタギに手を出すとまずいのを心得ているから自分達の方から手は出さない。

「ちょっと、奥さん、落ち着いて下さい」

巡査は後ろから中年女を制止にかかった。

「放して、放してよ！　警察はヤクザの味方なんですか！　悪いのはこいつらでしょう！　こいつらのせいでうちの人は！」

「なんだとババア、もういっぺん言ってみろ」

「もとはと言えばてめえの亭主の不始末だろうが、えっ」

若い衆が気色ばむ。

「あんたらがうちの人を追い込んだんだ。だからとうとうあの人は！」

「いいから奥さん、落ち着いてってば」

女は若い巡査を振りほどき、目の前の二人を突き飛ばして波多野のもとに駆け寄ると、その頬を思いきりはたいた。波多野が反射的に張り返す。大男に張り飛ばされて、女は呆気なく路上に転がる。

一瞬の出来事だった。

巡査は慌てて女を抱き起こす。無線指令を耳にした他の制服警官達が四方から駆けつけてきた。パトカーも一台やってきた。

沢渡は横目で波多野の顔を見る。顔の大きい色男のヤクザは、ふて腐れたように無表情のままでいた。

警官達が三人のヤクザを取り囲むが、先に手を出したのは明らかに女の方だ。女は倒れただけで大した怪我はしていない。またスナックのドアを破壊したのも女の仕業《しわざ》だ。

沢渡は後からやってきたこれも顔見知りの巡査部長に話を聞いた。

「あのスナックでね、滝本組が違法賭博をやってたんですよ。だいぶ前に摘発されて、もうとっくに廃業してますがね。そのとき借金こさえた男が、おととい中央線に飛び込んだらしくて。その男の女房ですよ」

年配の巡査部長はそう言って、破壊されたスナックのドアに目をやった。

なるほど、夫の死に取り乱した妻による器物損壊か。沢渡は次いで波多野を見た。大男のヤクザは開き直ったように立っている。

女と二人のヤクザは、ともにパトカーに押し込まれた。若い衆の方は最初抵抗していたが、「こっちが被害者なんだ。きっちり訴えてドアの修繕代と慰謝料を取ってこい」と言う波多野の指示に頷いて、おとなしく同乗した。

沢渡はさりげなく波多野に近寄り、その耳許で囁いた。

「おまえも全然変わってねえようだな、え、波多野」

「………」

「女を殴るのは懲《こ》りたんじゃなかったのかい。それにしてもあくどいじゃねえか。バクチで素人《しろうと》衆を身ぐるみ剝《は》いだか」

「何か勘違いしてんじゃねえのか。俺の仕事はヤクザだぜ」

ふてぶてしく答えた波多野の目を見て、沢渡は息を呑んだ。

泣いていやがる――この男は涙も出さずに――

波多野はそれ以上何も言わず、振り向かずにそのまま去った。

その後ろ姿を見送って、沢渡は考えていた。

今自分が見た波多野は、〈陰〉の方であったのか、それとも〈日向〉の方であったのかと。


さしたる収穫もないまま土日が過ぎて週が明けた。その間ペンママについて、波多野からの連絡は特になかった。もちろん沈からも。

午前九時。合同庁舎の会議室で何度目かの全体会議。沢渡はいつものように小淵の隣に並んで座った。沢渡の予想と違い、小淵は石のように無表情だった。この上司も人並みに緊張しているのだろうかと思った。沢渡自身はこの期《ご》に及んで、まだどこか怯《おび》えのようなものを内心に抱いていた。

ペンママのネタによって義水盟と天老会がつながれば、警察という組織全体が動く。大森と船堀のような常軌を逸した殺しも止まるだろう。少なくとも天老会の牽制にはなるはずだ。自分自身の大きな手柄にはならなかったとしても、それなりの仕事をしているというアリバイとしては充分だ。だが万一、自分と波多野のつながりが知られたら。

大丈夫だ、と沢渡は自身に言い聞かせる。波多野は単なる〈協力者〉だ。情婦でもない女に金をくれてやるような男が、今さら昔のことを喋《しゃべ》るまい。もし喋ったとしても、もとより証拠のある話ではないのだ。

しらばっくれればそれまでだ――

しかし会議は、予期に反して、まったくの定例通りに進行した。偽ブランド品摘発の進捗《しんちょく》状況、新たに判明した商品や業者に関する報告等々。いくつかの班が、悪質な卸業者を内偵中であるとして二、三の組織名に並べる形で義水盟に触れていた。

「次、小淵班」

捜査本部事件副主任官の八木次長に指名されて立ち上がった小淵は、淡々とした口調で報告した。

「昨日までの摘発は三件で、押収品の内訳は別表の通りです。『らくがきペンちゃん』というカテゴリーの特殊性から、児童向けの玩具、文房具が多く、高額商品はありませんが、悪質な業者と見られる団体があり、現在確認中です」

それだけだった。ペンママのぺの字もなかった。

着席した上司の横顔を、沢渡はまじまじと見た。小淵は前を向いたままで視線を合わせようとはしなかった。

各班一通りの報告が済んでから、八木次長が立ち上がった。

「何人かの報告にあった義水盟なる悪質業者については、以後捜査を一本化して全容の解明に努める。本筋はあくまで偽ブランド品の摘発。真田班を中心に万全の捜査態勢を敷く」

会議終了後、何も言わずに立ち上がった小淵は、他の捜査員達と同様に足早に廊下へと出ていった。

「待って下さい、小淵さん」

その後を追った沢渡は、エレベーターホールの手前で上司を捕まえた。

「言いたいことは分かってるよ」

小淵はうるさそうに振り返って、

「昨夜《ゆうべ》な、幹部の間で捜査方針の確認会議があったんだよ。その席でウチの稲森課長が例のネタを持ち出した途端、生安の尾塚部長に大笑いされたってよ」

「えっ?」

「ペンママってのはな、生安じゃ有名なデマなんだと」

「デマ……」

思ってもいなかった話に、沢渡は言葉を失った。

「生安でもペンママのネタを上げた奴が他に何人かいるらしい。だから尾塚さんもそれ以上言わなかったんだろうが、恥をかかせやがってって俺が稲森さんからどやされた。沢渡、おまえのせいだぞ」

「でも現に、天老会が義水盟を」

「それだっておまえ、ペンママがあるからつながった線だろう。天老会が関わってるなんて証拠はどこにもないんだ。そもそもペンママってなんなんだよ。あれから何か分かったのか」

「いえ、特に……」

口ごもる沢渡を睨み、小淵はいまいましげに舌打ちして去った。


午後十時。芯から重い疲労感と憤懣《ふんまん》とを抱えて家路についた。この冬一番の冷え込みということだが、胸の奥で錯綜《さくそう》する感情に冬の寒さを感じなかった。

ペンママはデマ——本筋はあくまで偽ブランド品——

義水盟は悪質業者として叩くが、一連の殺しに天老会は関係ないということか。少なくとも大森や船堀の捜査本部との間でなんらかの協力体制が構築されるような動きはない。

自分の期待は見事なまでにスカされた。

頭の中で不審の念が渦を巻く。ペンママのネタを嗅《か》ぎつけた捜査員は他に何人かいたらしい。それはそうだろう。自分の情報網に引っ掛かってきたくらいだ。だがそれがデマだって？　沈は自分と波多野をからかったのか？　沈と接触したと声に出して言えない我が身が堪らなく歯がゆかった。

アパートの鍵を取り出しながら集合ポストを覗く。いつものようにチラシやダイレクトメールが乱雑に押し込まれている。ひとまとめにして引っつかみ、玄関で靴を脱ぎながら選り分ける。よい便りを期待しているわけではないが、それにしてもろくでもないものばかりだ。宅配のピザ、出張マッサージ、売れ残った新築マンション。そして黄色い封筒。

沢渡がその封筒に目をとめたのは、坊主頭の幼児のイラストが描かれていたからだった。うんざりするほど目にしたペンちゃんグッズだ。

宛名はない。誰かが直接入れたのだ。何かの広告物ならアルバイトによるポスティングか。他のチラシや郵便物を放り出して開封する。封筒とセットになった黄色いレターパッドが二つ折りになって入っていた。

ペンちゃんのイラストがあしらわれた児童向けのレターパッドには、黒く小さく印字された文字がただ一行。

［明日十四時、世田谷公園噴水広場にて待つ］

平日の世田谷公園に人の影はまばらであった。それでも幼児を遊ばせている母親や、休憩中らしい会社員らの姿がちらほらと見受けられた。散歩する老人もいるが、その数が多くないのは、真冬という季節と暖かみのかけらもない天候のせいだろう。

中央に噴水塔のある六角形の池は、周囲を緩やかに傾斜した芝生や森に囲まれていて、売店のある北側から見ると、ちょっとした窪地の底を俯瞰《ふかん》するように感じられた。花壇やベンチが所々に配された噴水広場は、なかなかに開放的で、かつ平穏な眺めであった。

午後一時四十五分。広々とした景観にもかかわらず自ずと気も滅入る曇天の下、沢渡は芝の斜面に設置された階段を下って広場に出た。休日は大勢の市民であふれかえるであろうその場所も、今はやはり閑散として、噴水の水音までも寂しく虚ろに聞こえるようだった。

少し考えてから、沢渡は入口に近い北側の傾斜の方を見渡せるベンチのひとつに腰を下ろした。他のベンチには幼児を連れた主婦、学生らしいカップル、それに雑誌を読み耽《ふけ》る中年の男。いずれも沢渡のベンチからは離れている。

時折吹く北風が結婚前に買ったペラペラのコートを易々《やすやす》と突き抜ける。枯れ葉が侘びしげな音を立てて目の前を転がっていった。今日の下着はフリースの長袖にするべきだったと後悔した。

目立たぬように注意して周囲に目を配りつつ、沢渡は考える。ペンちゃんの偽物商品をあえて使ったメッセージ。差出人は、おそらく沈。

こういう芝居じみた連絡方法を使ってくるとは予想もしていなかった。目的は分からない。もしかすると何かの罠《わな》か。罠だとしても沈の狙いは見当もつかない。

一時過ぎには世田谷公園に着いていた沢渡は、広場へと降りる前にしばらく周辺を歩き回ってみたが、不審な点を見出《みいだ》せなかった。

一時五十分を過ぎたとき、特徴のある体型の男が斜面の上に現われ、階段をゆっくりと下りてきた。固太りの大男。波多野だ。

向こうもすぐにこちらに気づき、面白そうな表情で近寄ってきた。

予想されないことではなかった。むしろ当然だろうと考えていた。

「やっぱりあんたも呼ばれてたか」

沢渡の隣に腰を下ろした波多野は、スーツのポケットから黄色い封筒を取り出した。

「すると、こいつはやっぱり沈か」

「だろうな」

「手の込んだマネしやがって、野郎、一体何を考えてやがんだ」

「さあな、奴はおまえを買ってるようだから、おまえが呼ばれるのは分かるんだが、俺までご招待とはどういうわけだ」

「うん、何しろあんたは俺のおまけだもんな」

「うるせえよ」

一時五十九分。斜面の上に細身のスーツ。

「来たぜ」

波多野が囁く。沈だ。落ち着いた足取りで単身こっちに向かって歩いてくる。護衛を連れている様子はない。待ち伏せがないかどうか、すでに確認済みなのだろう。だからわざわざこんな場所を指定してきたのだ。

接近してくる沈を沢渡は緊張して待ち受ける。横で波多野も身を硬くしているのが分かる。

沈が二人の前で立ち止まった。沢渡と波多野は座ったまま無言で相手を睨む。ちょうど二時。

「ペンママが何か教えてやる」

そう言って、沈は片手に握っていた何かをひょいと波多野に投げ渡した。受け取った波多野が、それを目の前にかざし見る。

「なんだこりゃ」

それはデフォルメされた女性キャラクターの人形だった。

「ペンママじゃねえか」

沢渡は思わず声を上げていた。

ペンママ――ペンちゃんのママ。沈が寄越したのは、そのフィギュアだった。

「貸してみろ」

波多野の手から引ったくって確認する。やはりらくがきペンちゃんのママだ。高価な物ではあり得ない。菓子のおまけとして製造される玩具、いわゆる食玩の類だろう。仕事でペンちゃんグッズを追いかけていた沢渡には一目瞭然だった。

「このおまけがお宝だってのか」

「もちろん違う」

沢渡の問いに、沈はニコリともせず、

「それはペンママが作っていた物だ」

「はあ?」

意味が分からず顔を見合わせる二人に、

「本物のペンママは、そこにいる」

沈の視線を追って二人は背後を振り返った。

少し離れた木々の合間に、女が立っていた。ダウンのフードジャンパーにロングスカート。色もジャンパーのベージュにスカートはカーキと、目立たない地味な身なりだ。

おずおずと歩み寄ってきた女が、二人に向かって目礼した。

二十代半ばくらいか。浅黒い肌。アジア系だが明らかに日本人ではない。はかなげな面上に怯えの色が見られるが、同時に毅然《きぜん》とした覚悟も窺える。

「この人がペンママだ」

どういうことだ。まるでわけが分からない。

「もちろんそんな名前じゃない。カンボジア人で、サリカという」

うつむき加減で出てきた女は、沈と並んで二人の前に立った。

「サリカです。はじめまして」

女は明瞭な日本語で名乗った。

不法入国者だろうと沢渡は感じた。また、女の顔立ちや佇《たたず》まいが、どことなくペンちゃんのママに似ているとも。

「ついてこい」

沈はいきなり踵を返して歩き出した。サリカもその横に並んで歩く。

沢渡は反射的に波多野を見た。

「しゃあねえだろう」

苦々しげに波多野が呟く。二人はやむなく立ち上がって、沈と女の後に従った。

五

女と並んで世田谷公園を出た沈は、三宿通りに面したコイン式駐車場に沢渡と波多野を案内した。そこに停められていたＢＭＷのロックを解除し、無言で運転席に乗り込む。サリカと名乗った女は助手席へ。沢渡と波多野は後部に乗り込んだ。

「どこへ連れてく気だ」

波多野の問いに、沈がエンジンをかけながら答えた。

「どこへも行かない。そこら辺を流すだけだ」

車中で話そうというのだろう。車は三宿通りに沿って走り出した。

「アジアの国はどこもそうだが、ごく一部の金持ちを別にして、カンボジアも貧乏人ばっかりだ」

沈はおもむろに語り始めた。

「二親を早くに亡くしたサリカは、他の貧乏人に交じって、小さい頃から工場に勤めていた。日本の下請けの、さらにずっと下請けの工場だ。そこで菓子のおまけの人形に、毎日毎日色を塗ってた。そうだ、『らくがきペンちゃん』だ。さっき渡したのもそのひとつだ」

「だからペンママと呼ばれているのか」

独り合点の沢渡に、バックミラーの中で沈が頷く。

「半分はあたりだ。しかし半分ははずれとも言える。妙な符合だが、『ペンママ』とはカンボジアの少数部族の方言で、〈災いを見た者〉や〈災いに巻き込まれた者〉を意味するという。『視災者《しさいしゃ》』とでも言うのかな。どうもそこから広まった通称らしい」

助手席の女は、ただ黙って俯いている。

「サリカには息子がいる。父親は籍を入れる前に死んだ。その子を養うために働きながら、サリカは勉強した。その努力と向上心は驚くに値する。明確なビジョンと目標を持って秘書の資格を取ったんだ。また将来に役立てようと日本語と中国語を学んだ。それに英語も少し。大したものだ。もともと語学の才があったんだろう。しかしそんな努力もカンボジアでは実を結ぶことはなかった。二年前、工場の倒産で職を失ったサリカは、やむなく息子を連れ、友人のグループと一緒に日本に不法入国した。蛇頭《じゃとう》の手引だ」

蛇頭――スネークヘッドは主に中国人からなる不法入国のブローカー集団だ。彼らは中国国内だけでなく、広くアジア全域で活動している。初期においては高額の前渡し金で依頼人を不法入国させていたが、今では〈ローン〉もありだという。早い話が、貯金の少ない貧乏人をも顧客にすることによって市場を拡大させているのだ。それは単なるサービスなどではない。ましてや善意ではあり得ない。彼らは渡航費用を貸し付けることによって依頼人を縛りつける。日本での住居、就職、またそれらに必要な偽造書類の数々を斡旋し、紹介手数料を取る。つまり依頼人を生涯にわたって搾取し続けるのである。

それだけではない。こうした業者が信用、安全といった概念からほど遠いのは言うまでもなく、中には売春目的で人を動かす人身売買業者も含まれている。

後ろの座席から見える女のうなじは微かに震えているようだった。

「サリカと一緒に国を出た女達の多くは、結局日本で売春婦となった。サリカもそれを強制されたが、際どいところで運命を分けたのが、英語と日本語ができたこと、それに秘書の資格だ。もちろんカンボジア国内のローカルな資格だが、ちゃんと勉強したという事実は大きい。サリカは貸し元に対して必死に自分の能力を売り込んだ。普通のビジネスで充分にやれます、その方が借金も早く返せますってな。普通なら相手にもされず叩き売られるところだが、それを聞きつけたのが、蛇頭と関わりのあった天老会だ」

天老会。話がつながってきた。

車はほどほどの速度で環七通りを進んでいる。

「天老会はサリカに仕事を与えた。トーキン・オリエンタルの秘書だ。日本語と中国語、それに英語ができ、秘密を知っても当局に駆け込めない弱みのある者を、奴らは前々から捜していたらしい。サリカはまさに打ってつけだった。またサリカも連中の期待以上の有能さを見せた。それが認められ、すぐに重要な仕事を任されるようになった」

トーキン・オリエンタル。その社名は沢渡も知っている。組対の資料に載っていた。ただし特定の犯罪事案に関する捜査資料ではない。一般にはあまり知られていないが、総合商社トーキン・オリエンタルの経営母体は中国資本だ。しかも友情工《ヨウチン》商會に幹事企業として加盟している。

「ある日、一緒に国を出た女が殺された。女はサリカの親友だった。売春をさせられていたが、借金が返せず、逃げようとして捕まった。それで見せしめに殺されたんだ。酷《むご》たらしい死にざまだったそうだ」

後部座席で沢渡は波多野と思わず顔を見合わせる。捕まった女。見せしめに殺された。自分達が見殺しにした女を否が応でも思い出す。

「それまでサリカは、自分の見聞きした秘密を漏らそうなんてまるで考えたこともなく、ひたすら忠実に与えられた仕事をこなしてきた。だが親友の死をまのあたりにしてから、毎日の仕事について記録を残し始めた。誰にも気づかれないようにな。それがこれだ」

運転する沈が、片手で内ポケットから何かを取り出し、後ろに向かって差し出し

た。波多野より早く沢渡がそれをつかみ取る。らくがきペンちゃんの小さなノート
だった。表紙にはペンちゃんとペンママのイラストが描かれている。そこらのスー
パーやコンビニにあふれ返っているような品だ。

「またペンちゃんかよ」

うんざりとした思いでパラパラとページを開く。中には見たこともない紋様のよ
うな文字が細かくびっしりと書き込まれていた。

思わず呻いた沢渡の手から、波多野がノートを引ったくる。

「俺にも見せろ」

波多野も沢渡と同じく顔をしかめて、

「全然読めねえ。なんだこれは」

「クメール文字、つまりカンボジア語だ」

前を見つめたまま沈が答える。

「天老会が狙っていたのはこいつだったのか」

沢渡の呟きに、沈が応じる。

「それだけじゃない、書いたサリカの命もだ」

「一体何が書いてあるんだ」

「天老会と警察の癒着」

「なんだって」

「何月何日何時、誰と誰がどこで会ったか、どれだけの金がどこを経由して誰にどう流れたか。全部細かく書いてある。これだけ具体的だと裏付けも簡単だし、言い逃れは難しい。それにサリカの記憶力だ。ノートに書いてあることはもちろん、それ以上のディテールもはっきりと覚えてる。生まれ持った才能だろう」

「腑に落ちねえ」

波多野だった。

「言っちゃなんだが、金をもらってる警官なんてゴマンといるぜ。今日び、そんなニュースは多すぎてマスコミだって食いつかねえ。表沙汰になったとしても、トカゲの尻尾切りで終わりだろう」

「はっきり言おうか」

沈が鼻で笑う。

「そこに書かれているのはそんな下っ端の話じゃない。金を受け取っているのは、高遠だ」

「高遠……？」

間延びした口調で繰り返した沢渡は、はっと気づいて目を剝《む》いた。

「生安局長の高遠さんか」

警察庁生安局の高遠生安局長。次、もしくは次の次に警視総監か警察庁長官の椅子に座るであろうエリート中のエリート。まぎれもなく警察最上層部の有力幹部だ。

「高遠のぶち上げる国際人材交流法案は、その名の通り、規制を緩和して人の往き来を活発化させようって狙いだが、実質は人身売買を容易にするための抜け穴込みの代物で、その支援者が天老会ってわけだ。とんだ日中友好だな」

沢渡は声を失う。事実であるなら、とんでもない爆弾だった。天老会が血眼になるはずだ。

捜査会議での黙殺ぶりを思い出す。ペンママのネタが潰されたのはそういうことか――

「ニェットは大切な友達でした」

不意にサリカが口を開いた。涙に潤む声だった。ニェットというのは殺された売春婦の名前だろう。

「小さい頃から、ずっと私を励ましてくれました。本当の姉妹のように育ったんです。ニェットが、どうしてあんな……」

「仇《かたき》でも取ろうと思ったのか」

沢渡はサリカの背中に向かって訊いた。

「それでノートに記録をつけ始めたのか」

我知らず尋問口調になっていた。

サリカはこくんと頷いた。

聴取なら本職に任せればいいとでも思っているのか、波多野は口を挟まずにいる。

「このノートをどうするつもりだったんだ。警察を恐喝《ゆす》る気か、それともマスコミに渡す気か」

「そこまで考えていませんでした。みんなをだまし、ニエットを殺した奴らがどうしても許せなかった。国を出てからずっと奴らの言いなりで、ずっと知らん顔で働いてきたけれど……もう、ダメ……私は、私は、どうしても……」

懸命に感情を抑えようとしていたサリカが、抑えきれずに嗚咽《おえつ》する。

「ペンちゃんノートに記録を取っていることが天老会にバレた、それで逃げたんだな？」

両手で顔を覆ったサリカがまた小さく頷いた。

沢渡は運転席のバックミラーに視線を移した。

「ペンママが何かは分かったよ。分からないのは、沈、おまえの正体だ」

バックミラーの中で、沈がじっとこちらを見つめている。

「おまえは一体なんなんだ。黒社会の人間が、天老会に逆らってまでどうしてこんな女をかくまってる。目的はなんだ。この女とはどういう関係だ。デキてるようにも見えないが」

「黒社会だって？　笑わせるな」

「義水盟は黒社会じゃないってのか」

「天老会のような連中を黒社会というのなら、違う。奴らは埃を被った洪門の看板を偉そうに掲げているが、そんなものは権威付けのハッタリだ。義侠心はどこにもない。そもそも、黒道《ヘイダオ》に義侠心なんてものは最初からなかったのさ。既得権益にあぶれた連中が、自分達を正当化する大義名分を、そのつどそのつど、都合よくでっち上げていただけだ」

「ちょっと待て、なんの話だ」

沈は構うことなく続ける。

「王義敏《ワンイーミン》を知っているか」

「知らないな。中国人の名前はどれもこれも紛らわしい」

「大連の共産党幹部だ。十年前に殺された」

「そうかい。大方ロクなもんじゃないだろう」

「ああ、ロクなもんじゃなかったな」

「知り合いだったってのか」

「殺したのは俺だ」

沢渡はまたも絶句した。波多野も同様にぽかんと口を開けている。

井ノ頭通りとの交差点で信号が赤になった。

ブレーキを踏み、沈がゆっくりと繰り返す。

「俺は王義敏を殺して国を捨てた」

「おまえ、国際手配犯なのか」

かろうじて言った。

「いいや。あれが俺の仕事だと知っている者は、少なくとも体制側にはいない」

「バックは」

「そんなものはない。ただの私怨だ」

車内がしばし沈黙する。信号が青に変わり、車列が動いた。

沈はハンドルを右に切って井ノ頭通りに入る。

「国を出た俺は、アジアを放浪した末に、あるネットワークに合流した。特に呼び名もない共同体だったが、最近になってこのネットワークに名前がついた」

「それが義水盟ってわけか」

「そうだ。俺と同じような逸脱者の集まりだ」

「それを黒社会と言うんじゃないのか」

「さっきも言った。大義を騙《かた》る組織という意味では違う」

「どう違ってるのか分からねえな」

「俺達に国はない。中国であろうと、日本であろうと。国を信じない者の集まりだ」

確かに沈の言う通り、中国人組織は地縁血縁をことのほか重視する。その意味ではいわゆる黒社会とは異なっている。しかし、国境を超えたアウトローのネットワークという概念は、本来的な意味での——そして現実にはかつて存在しなかった——〈黒社会〉そのものではないのか。

沢渡はそんな思いを拭えなかったが、ともかく今は相手の話を聞くのが先だ。まだ肝心なことを聞いていない。ペンママと——サリカと沈の接点は。

「サリカが密入国するとき、蛇頭はグループを少人数に細かく分けた。船便の都合だと言ってな。そのときサリカは息子と別の便に乗せられた。子供の乗った船は確かに日本に着いたらしいが、それっきりだ。生きているのかどうかさえ分からない。蛇頭は送り出し地点、中継地点、受け入れ地点で担当者が違う。入国後の引き受け先も違う。泣き寝入りだ。それこそ警察にも相談できない。何しろ不法入国者だからな。トーキン・オリエンタルで秘書をしながら、サリカは必死で息子の行方を捜し、いろいろあった末、俺達を頼ってきた。親しくなったインドネシア出身の女の紹介だった」

「頼まれて女の息子を捜してたってのか」

「そうだ。インドネシアの海にも似たようなネットワークがあるんだ。国がどうしようもなくばらばらで、人が散々に痛めつけられているぶんだけ、国を逃れた海《ハイ》のネットワークが発達する」

「それじゃまるで義賊じゃねえか」

「よく言えばそうなるな」

犯罪組織が義賊を名乗る。古今東西、秘密結社の発生時によくあるパターンだ。まさに黒社会の多くがそうで、しょせんは陳腐な自己喧伝《けんでん》や戯れ言の類でしかない。しかし沈の口調には、驕《おご》りや戯れ、あるいは揶揄《やゆ》といったものの気配はまるでなかった。

「俺達はずっとサリカの息子を捜している。サリカの話では、子供と一緒の便になったのは信頼できる女達で、きっと面倒を見ると請け負ってくれたらしい。だが今も連絡がつかないということは、売り飛ばされたか死んでいるか、大方そんなところだろうが、それでも親にとっては諦《あきら》められるものではないだろう。そんなとき、サリカはふとしたことからノートのことを天老会に知られてしまった。サリカはすぐに俺のところへ逃げてきた。俺はサリカをかくまった。窮鳥は懐に入れるのが俺達の掟《おきて》だ。だが天老会の追及は予想以上だった。仲間が立て続けに殺された」

「大森と船堀の殺しだな」

「このままでは奴らの手が俺のもとへ及ぶのも時間の問題だ。見つかったら俺もサリカも殺される。そこで思い出したのがあんたらのことだ。あんたらと俺をつなぐ線はない。天老会もサリカを見つけられないだろう」

仰天した。

「おまえ、俺達に女を押しつける気か」

「あくまで一時的な処置だがな」

サリカは黙って俯いている。この女はすべて承知で、常軌を逸した沈の発案に自ら委《ゆだ》ねているのだ。

「正気じゃねえ。何を考えてやがるんだ」

「苦しまぎれには違いないが、なかなかのアイデアだと思っている」

「いいかげんにしろ。そんなヤバい橋を渡って、こっちに一体なんの得がある」

「ペンママの価値は分かるだろう。万が一俺が死んだら、後は任せる。波多野さんの上部組織なら充分天老会に対抗できるし、ペンママを生かせもするはずだ」

沢渡は舌を巻いた。沈は東甚連合を利用するつもりだ。裏社会における利害と力関係のバランスを正確に読んでいるのだ。

だがその読みにはある前提が不可欠だ――

「おまえ、俺達が女を売れないと踏んでるようだが、あの女、確か阿君《アジュン》とかいったな、あの女の件で波多野に当たりをつけたのか」

バックミラーの中で沈が笑う。自称義賊の不敵な笑み。

「いくらなんでも甘すぎる。もしそうだったとしても、波多野一人と話せばいいことだ。なんで警察官の俺にまで話す必要がある。俺は言ってみりゃあ敵側だ」

「だからこの手は有効なのさ。東甚連合にすべてを任せるのは不安が残る。俺はそこに警察という保険をかけるんだ。警察と東甚連合は互いに牽制し合うに違いない。

その拮抗《きっこう》が重要だ。あんたはその保険の申込書類と言ったところかな」

「俺を勝手に巻き込むな」

「沢渡さん、あんたはすでにペンママに関わってる。つまりはあんたもまたペンママに囚われた『視災者』ってわけだ」

「そんなやくたいもねえ話はどうでもいい。俺が上に——高遠さんにご注進に及んだらどうするよ。普通だったらそうするだろ。損得考えるよ普通。な、そうだろ」

沈は平然と言い切った。

「損得じゃない。信義だ」

沢渡は啞然《あぜん》とした。耳を疑う。裏の裏のそのまた裏が、かえって表になったのか、沈の言葉に濁りはない。

「痺《しび》れるぜ」

それまでじっと沈の話を聞いていた波多野が、にかりと笑った。

「俺達に国はない、か。沈さん、あんた、言うねえ。参ったな」

「馬鹿、おまえは黙ってろ」

波多野を怒鳴りつけてから、

「女が危ないっていうんなら、アメリカかどっかに逃がせばいい。それこそインドネシアのネットワークとやらに任せろよ。俺達に預けるよりよっぽどましだ。信義だとかなんだとか、そんなあやふやな思い込みで、女の命を賭けるのか。俺は警察官なんだぞ。そこらによくいる、腐りきったろくでもない警察官だ。俺が裏切ったらどうするつもりだ」

「構いません」

サリカだった。半身を捻《ひね》り、後部座席に向かって嘆願する。

「私は、どうしても息子を残して日本を出る気にはなれません。お願いします」

「そういうわけなんだ」

溜め息混じりに沈が呟く。

「今度一人で海を渡ったら、もう生きて息子に会えないとサリカは思い込んでいる。そこだけはどうしても譲れないと言って聞かない。カンボジアの言い伝えで、家族に会わないで水を二回越えるなとか、そういうのがあるらしい。サリカの生きる望みは、息子と二人、在留資格を手に入れて日本で暮らすことなんだ」

「私のわがままです。皆さんにはご迷惑をおかけします。何があっても文句は言いません。子供は日本のどこかに必ずいます。きっと、きっと生きています。今、私一人で逃げることなんてできません」

サリカは深々と頭を下げて繰り返した。

「お願いします。お願いします」

沢渡は波多野を見た。その横顔が、揺るがぬ決意を語っていた。

いつの間にか青梅街道を走っていた車が、中野坂上の交差点にさしかかる。

用は済んだという顔で沈が言った。

「好きなところで降ろしてやる。希望がなければこのまま新宿まで行く。そこでサリカと一緒に降りろ」

## 六

捜査会議の最中も、沢渡は依然悪い夢の中にいるような心地でいた。それでもうわべだけは普段と変わらぬ風を装って小淵の隣に座り、各班の報告やそれを仕切る八木生経課次長の声を聞いている。

波多野は沢渡の忠告を聞かず、結局女の身柄を引き受けた。新宿西口で三人を降ろした沈のＢＭＷは、代々木方面へと走り去った。

ペンちゃんノートを手にした波多野は、そのとき沢渡を振り返って言った。

――サリカの隠れ場所は俺がなんとかする。このノートも預かるぜ。

勝手にしろと返したが、別れ際、波多野は日眩《めまい》のするようなことを言い残した。

――こうなったらあんたも一蓮托生だな。

ふざけるな。知ったことか。

今さらながらに身の毛がよだつ。波多野はいい。広域指定の大組織東甚連合がついている。暴力世界の大国がペンママという大量破壊兵器を手に入れたようなものだ。いくらでも使いようはあるだろう。新世代の武闘派とはやされながら、どちらかというと組織内でくすぶっていた波多野も、これで大きな出世の糸口をつかんだわけだ。沈の見立ての通り、東甚連合がバックについている限り、確かにサリカも安全だろう。大国間で生き残りをはかる小国のロジックだ。

だが自分はどうなる。巻き込まれた自分は。可もなく不可もなくを本分とし、日々汲々として生きる下っ端だ。中国人から金をもらい、人材交流法案ならぬ人身売買法案を進めているという高遠には、心底怒りを覚えるし、こういう奴らが日本という国を動かしているのかと思うと吐き気がする。しかし、だからと言って自分に何ができるわけでもない。それにもともと警察とはそういうところだ。

王義敏という名前についても、あの後すぐに検索してみた。たちまちあふれた記事の多さが、事件の重大性を語っていた。中央の権力中枢にもつながっていたという王は、息子の松仁《ソンレン》と一緒に殺されていたという。犯人は不明。記事の中には、事件の背後に最高指導部の権力闘争があると解説するものも多々あった。

沈は自分が王義敏殺しの犯人であると自ら告げた。あの告白はハッタリか真実か。もし真実なら、沈はとんでもない大物を殺したまぎれもない大物犯罪者だ。そして沈を迎え入れたという義水盟も。

警察、天老会、東甚連合、義水盟。三すくみ、四すくみの化け物どもの抗争に関わる気など毛頭ない。

「……以上から義水盟なる組織を偽ブランド品の悪質業者として重点的にマークする。特に幹部と目される〈沈〉なる人物の身許及び所在の特定に全力を挙げる。各員は一層情報の収集に努めるように。また本件は総合的な対策を必要とする案件であるので、保秘には慎重を期し、くれぐれもチームワークを第一とするように。情報は常に本部に上げること……」

八木の声が頭の上を滑っていく。警察上層部はペンママに関する情報を吸い上げ、管理する気だ。管理とは警察では隠蔽《いんぺい》の意味を持つ。

不意に確信する。義水盟のネタ元は警察だ。偽ブランド品の捜査本部自体が義水盟を叩くためのカモフラージュだったのだ。

中国製の偽物『山寨商品』の根絶をうたいながら、すべてはまやかしにすぎなかった。なんのことはない、日本警察の幹部が提唱する法案こそが『山寨』だった。この国の権威も、組織も、システムも、何もかもが見せかけだけの偽物だ。

いつもと同じはずの捜査会議の光景が、まるでいつもと違って見えた。室内全体が隅から隅まで安っぽく、ぺらっぺらの書き割りのようだった。書き割り以下の落書きだ。大きく歪んで見えるくらいにデフォルメされた『らくがきペンちゃん』の背景の方がよっぽどましだ。

改めて沢渡は思う――俺は本当にペンママに囚われているのではないか。

日本は嫌いだ。しかし祖国はもっと嫌いだ。

パソコンの横に転がるペンちゃんの人形をつまみ上げ、沈は心中でそう呟く。同じサイズの人形がデスクの上にもう二体ある。ペンちゃんママとペンちゃんパパの人形だ。ペンちゃん関係の商売は少しずつ畳んでいるので、商品のサンプルはここにはもう他に残っていない。複数の倉庫に置いてある在庫もいずれ折を見て片付けるつもりでいる。

ペンちゃんと、パパと、ママ。アジアのあちこちで見かけた。バングラデシュの田舎では、村に一台しかないというテレビに大勢の子供が群がり、食い入るような目でペンちゃんのアニメに見入っていた。単純な線で描かれた幼稚園児の日常は、あまりにおおらかで、あまりに温かく、幼稚園も保育園もない村の子供達さえ魅了していた。そんな光景に、通りすがりの異邦人である沈は、自らの失ったものを痛切に実感したのを覚えている。王義敏を殺そうと決意したとき、放棄して悔いないと思ったすべてのもの。

王義敏。大連の共産党幹部。両親を破滅させた悪党。自分が初めて殺した男。

実業家だった両親も決して善人だったわけではない。両親の経営する化学工場や食品工場は、数々の違法行為を行なっていた。膨大な量の廃液を地元河川に垂れ流し、有害な化学物質を食品の原料として使用した。あまりに多くの人間が死んだ。みな貧乏人ばかりだ。

中国は世界でも一、二を争う化学製品生産国である。それが中国の〈あるべき〉姿だ。フェノール、フッ素、ベンゼン等が染み込んだ土地は毒々しい赤に変色し、農作物が育たなくなった。わずかに収穫できた作物も当然買い手はほとんどつかず、地元民が食べるしかなかった。汚染された河川で獲れた魚も同様だ。近寄っただけで頭痛がし、涙腺が強烈に刺激される、コールタールのような川や池。そこで獲れた魚を鍋にして食う。ほかに食うもののない漁民が食う。

十歳になっても歯が一本も生えてこない子供も数多くいた。水道水にヒ素が混入していたことも。しかし人民の陳情は中央には届かないシステムになっている。それでも抗議しようとする者は、逆に騒乱罪などの容疑で勾留される。公害訴訟支援NGO団体の弁護士が作成した訴状は、裁判所には受理されない。

両親は決して自分に中国製の冷凍食品を食べさせなかったし、水道の水も飲ませなかった。両親だけでなく、党幹部やそのおこぼれに与《あずか》る者達はみなそうだった。工場の収益の大部分は王義敏を中心とする党の地方幹部に流れる仕組みになっていた。両親の工場に操業許可を与えたのも、検査の結果を擬装したのも、被害の訴えを握り潰したのも、全部党の地方委員会だ。そもそも両親が工場の経営を始めたのは党指導部の指示だった。だから工場の実態は決して表面化しないはずだった。

中国ではすべて当たり前のことだ。金を儲けるためには何をしてもいい。儲けた者が尊敬される。それは才覚があるという証《あか》しだからだ。

だが王義敏は、政敵の工作により工場の被害が社会問題化するや、両親を切り捨てた。それまで粛々と政府の公式発表ばかりを掲載していたマスコミは、一斉に両親の罪を書き立て、〈悪鬼〉と罵った。

逮捕された両親は、ろくな取り調べも行なわれぬまま――すなわち党の関与を明らかにする機会の与えられぬまま――異例にも保釈となった。奇妙なことに、保釈の日時は、正式に決定する前にマスコミに流れていた。激怒した群衆が押し寄せた。それを主導していたのは実は地方委員会と結託した黒社会の男達だった。警察は助けを求めてすがりつく両親を文字通り突き放して引き上げた。両親は群衆になぶり殺しにされた。中世の話でも文革時代の話でもない。たった十年前の話だ。

王義敏は両親だけを犠牲として怒れる人民に差し出し、すべての幕引きとした。両親の不正は事実であるし、なんの疑問もなくそれを受け入れていた自分もまた罪人だ。工場の生み出す金で、王義敏の息子の松仁と一緒に留学までした。子弟をアメリカやヨーロッパに留学させるのは、富裕層が海外の移住先を確保するための常套手段だ。自分はそれを当然の権利であるかのように思っていた。松仁と一緒になって自分は、同世代の民工を、知性がない、向上心がない、税金を食い散らかすだけの国家的厄介者だなどと、嘲笑《あざわら》い蔑《さげす》んでいたのだ。救い難いことに、自分達は互いに朋友《ポンヨウ》と呼び合って、それを疑ってもいなかった。

また信じられないのは、両親の下で工場を管理していた役員達が、事件後マスコミのカメラに向かって我先にコメントしていたことだ——自分は知らされていなかった、自分こそ被害者だと。化学物質の割合を勝手に増やし、浮いた分の材料費を横領していた者達がそう主張する。その滑稽《こっけい》なさまは熱演というレベルを通り越して、彼らがすでに本心からそう思い込んでいることを示していた。自分の利益のためには自分など平気で偽れる。記憶などいくらでも上書き可能だ。その発想こそが中国だ。

役員達を恥知らずと罵るのは簡単だが、沈はまた、彼らの家族が——特に子供達が——毒工場の関係者として苛烈ないじめにあっていることを知っていた。中には癌を発症した幼児も何人かいた。沈が何度か遊んだ子供も。幼儿园《ヨウアルユアン》（幼稚園）に通う男の子で、家族ぐるみの付き合いだった。その子の卒園祝いに顔を出した。山寨商品である日本製変身ヒーローのシャツを着て、大人達の間を嬉しそうに走り回っていた。たまたま足許に転がってきたゴムのボールを放ってやると、不器用に受け損ない、飛びつくように拾って投げ返してきた。その後たっぷり三十分、沈はキャッチボールをするはめになった。思えばその子は、そのときすでに体内に悪性腫瘍の芽を宿していたのだ。到底正視できないほど苦しみ抜いてその子は死んだ。人民は誰もが被害者で、そして誰もが傷つけ合うしかない。身悶《みもだ》えするほど狂おしく、救い難い現実だった。

王義敏一人が悪いわけではないことは、充分すぎるほど分かっていた。だがどうしようもなかった。国の現実を王義敏というひとつの標的に集約することでしか、自分の破滅的な情動を昇華できなかった。

松仁は、たまたま父親と一緒に居た。不意に現われた元の同級生を見て、〈悪鬼の子〉と吐き捨てるように呟いた。どうせ殺すしかなかった。

素人の自分の殺しが成功したのは、ただの偶然にすぎない。様々な要因が重なった挙句の僥倖《ぎょうこう》だった。そして殺害後も、警察や国家機関に自分はマークされもしなかった。そうでなければ、自分は生きて国を出られなかったはずだ。

当時の状況を振り返れば、王義敏はいつ誰に殺されてもおかしくなかったと言える。実際に、王が死んで胸を撫で下ろした党中央指導部の幹部も多かっただろう。党幹部はみんな互いに相手がやったと考えたに違いない。権力闘争の思惑と利権が入り乱れる狭間で、自分の犯罪はぽっかりと空いたエアポケットのようなものの中に嵌《は》まり込んだのだ。

そして自分は、アジアを放浪した末に、義水盟のネットワークに身を投じた。

――それを黒社会と言うんじゃないのか。

沢渡に言われた。だが自分達の組織を黒社会とは認めたくない。保釈になった両親を虐殺した民衆の暴動。それを先導していた男達とは絶対に違う。違うはずだと思いたかった。

波多野もまた、日本のヤクザの中では異質な男だ。理屈を超えた直感が信頼できると告げている。アジアの裏の漂泊民であった自分の目に狂いはない。あらゆる体制から逸脱する男達に共通の図太さと繊細さを併せ持っている。

沢渡についてはどうだろうか。自分の判断は本当に正しかったのか。サリカには、少しでも信頼できないと感じたらすぐに合図しろと言ってあったが、彼女は自ら望んであの二人についていった。サリカの直感もまた信じるに値するものだ。

指の間で弄《もてあそ》んでいたペンちゃんをデスクに置き、沈は改めて考えを巡らす。

天老会の包囲網は刻々と自分の周辺に及びつつある。サリカを波多野と沢渡に預けることによって、一時的な時間は稼いだ。だがそれはあくまで一時的なものだ。

何か手は――何か逆転の手はないか――

霞が関中央合同庁舎二号館十八階にある執務室のソファで、高遠生安局長は栗本《くりもと》警視長の報告を聞いていた。

「党の各部会や議員懇親会にできるだけ顔を出してみたんですが、今のところ、各省ともに人材交流法成立に向けて一本化の流れにあります。何しろ外国人の受け入れ法案ですので、治安の悪化を懸念する警察庁が一番の反対勢力だったわけです。それも局長のご人徳の賜物で一転賛成ムードですから、もう安泰といったところでしょう」

追従を交えて語る栗本は、警察庁出身で内閣官房に出向し、現在は内閣参事官の任にある。彼をその役職に押し込んだのは高遠で、言わば子飼いの腹心であった。特に今回の法案成立に向けての根回しでは、高遠の忠実な手先となって動いている。内閣参事官は政治家と接する機会も多く、かつ総理秘書官や官房長官秘書官ほど拘束されることもないので、まさに打ってつけと言えた。

法案成立のためには、関係省庁、関係議員の非公式協議を経て条文案などをフィックスし、全省庁協議、与党部会での承認を受ける必要がある。そののち、事務次官会議、閣議決定を経て国会に提出される。それが衆参可決を受けて公布施行となるわけである。

高遠の進める国際人材交流法案は、現在関係省庁の非公式協議の段階で、栗本は日々根回しに余念がない。

経済産業省は当初から諸手を挙げて賛成していたが、総務省や厚生労働省は永らく苦い顔を見せていた。警察庁内部でも刑事局の組織犯罪対策部を中心として根強い反対があったのだが、それもようやく妥協点が見えてきたところである。

「それより肝心の垣之内《かきのうち》さんの方はどうなんですか」

楽観的な栗本の口調に苛立ちを覚えつつ、高遠は質問を発した。

国際人材交流法案は、入国管理局を管轄する法務省が主幹となる公算が大きい。フィクサー的な振る舞いで知られる大物議員の垣之内昭三《しょうぞう》は、法務省に隠然たる影響力を持っていた。

栗本は「それが……」と少しトーンを落とし、

「局長もご存じかと思いますが、来年に予定されている馬洞《ばどう》健《けん》氏の来日の件で、垣之内先生が調整に当たられているらしく、お時間を割《さ》いていただくのもはばかられる状況で」

「まだ腹の底は分からないというわけですか」

「申しわけありません」

中国国務院商務部長である馬洞健の来日については高遠も以前から耳にしていた。それでなくとも日中関係が極めて悪化している昨今である。これまで多くの中国要人と交流してきた実績のある垣之内議員が担ぎ出されたというのも納得がいく。国務院商務部長は、日本で言えば経済産業省の大臣に相当する。

「それと、警視庁から内々に上がってきた情報では、義水盟とかいうグループの件、あれはまだだいぶゴタついているようです。日本でのリーダーと見られる沈という男は依然逃走中で……」

高遠は栗本の話を遮って、

「あれは中国人同士の問題でしょう。それにカンボジア人でしたか。そもそもがトーキンさんの不手際なんだから、早く処理するように伝えて下さい。あなた個人の判断でね。こっちに持ってこられるのは迷惑です」

「承知しました。友情工商會《ヨウチン》の方も、こちらには絶対に迷惑をかけないと保証しています」

「当たり前です」

強い口調で言うと、栗本は少し狼狽《ろうばい》したようだった。

「は、申しわけありません」

「では引き続きお願いします」

高遠の不興を察した栗本は、すぐに立ち上がって一礼し、退出した。顔色を読むことだけは上手い男だ。

執務室に一人残った高遠は、デスクに戻って常備するレンズクリーナーを取り上げた。眼鏡を外して神経質な手つきでレンズを磨く。

あれこれと不愉快な思いが募る。栗本は使えるが、それだけだ。自分の出世しか頭にない。国の将来を見通す気概も気力もないどころか、今回の法案の意義さえ理解していない。そこが一番腹立たしい。周囲の連中も栗本と似たり寄ったりで、法案に懸ける自分の熱意を、政界への足場作りくらいにしか見ていないことがあからさまに窺える。

特に法案の主要資料の作成に当たる法務省の、十年一日の如き仕事ぶりに、高遠は苛立ちを隠せない。作成に手間取っているばかりか、あんな分かりにくい概要ではとても政治家は説得できない。

検事は起訴状は書けてもポンチ絵一枚書けやしない――

高遠は独りごつ。法務省の幹部は、司法試験に合格した検察庁採用者で占められる。「ポンチ絵」とは資料の概要を説明するパワーポイントなどの一枚紙のことである。

また有力議員に対しては、人身取引についての主たる課題は厚労省が管轄する被害者の保護であり、今回の法案はある程度解決済みの話である、事犯の摘発を進めれば問題はないと、以前からあれほど嚙んで含めるように説明しているのに、連中は選挙の票読みにしか関心がないらしい。

さらに身内とも言える警察庁の組対部に対しては、侮蔑の念を禁じ得ない。どれだけ被疑者を検挙しようが、国そのものが疲弊しては取り返しがつかないではないか――

組対部長の村井《むらい》は、生安局長の高遠より採用年次は二年下である。なのにあの発想の古さは何事だ。村井の因循姑息《こそく》な日頃の立ち振る舞いも、高遠の苛立ちを募らせる。

村井は刑事局長を通じ、国家公安委員会の委員達に、しきりに外国人犯罪の脅威を吹き込んでいるらしい。日本に外国人が増えれば、彼らによる犯罪が増えるのは当然だ。それを取り締まることを考えるのが、組対の仕事ではないか。結局は自分達が楽をしたいだけなのだ。

どいつもこいつも、しょせん器が知れている——

経済事犯を多く扱う生安部門での経験が長い高遠にとって、日本経済の地盤低下は、肌で感じる問題であった。

たとえば、一時は世界をリードした日本のゲーム業界も今は昔だ。隠れゲーマーの高遠からすると、今は国内のタイトルよりも、海外のインディーズで作製されたゲームの方が圧倒的に面白い。やはり、異質なものとの衝突がない限り、ゲームにも経済にも、新たな飛躍はあり得ないというのが高遠の持論であり、信念であった。

国際人材交流法案は日本の将来にとって不可欠だ。このままでは日本はいたずらに国力を失い、衰微することは目に見えている。それが分かっていながら、誰も手を打とうとしない。島国根性のゆえか、外国人を広く日本に招き入れることに抵抗感があるからだ。まったく以《もっ》て無知と愚昧の輩ばかりだ。特に警察組織の視野狭窄《きょうさく》ぶりは愚劣としか言いようがない。警察を管理する責務を負う身であるからこそ人一倍そう思う。

警察にも他省庁にも、そういう徒はあふれているが、自分は違う。選ばれた者として、日本の未来を構築するのだ。法案の道筋をつけるためにも金が要《い》る。いくらでも要る。当然の道理である。見返りがなければ従う者はない。警察の内部であろうと外部であろうと、それは同じだ。理想を実現するには、力を持たねばならない。力は金を必要とするし、また金は自然と力のもとへ集まってくる。社会とはそういうものなのだ。中国ロビー経由の金であろうと、日本のために使われるのであれば問題はない。

中国人はこちらを金で買ったつもりだろうが、連中にはそう思わせておけばいい。国家の行く末を、こちらはより遠くまで見ているという自負がある。

確かにこの法案は〈多少の〉問題を含んでいるが、日本の将来のためにはやむを得ない。誰かがやらなければならないことなのだ。誰もがやらなかったことを、自分はあえて断行するのだ――

一点の曇りもなく磨き上げられた眼鏡を満足そうに掛け直し、高遠は自席の椅子から立ち上がった。

〈調べてみたんだよ、世界中の人権団体。国連とかユニセフとかよ。日本のマスコミ程度じゃダメだ。高遠どころか、政府の偉いさんが無視できないくらいのところでなくちゃな。日本の世論じゃラチはあかねえ。国際世論よ。サリカに万一のことがあれば、国際弁護士を通してペンちゃんノートのコピーが届くって段取りよ。沈の野郎の言った通り、サリカの記憶力もハンパねえ。証人としても最高だ。サリカは不法入国者だが、言ってみりゃあ人身売買の被害者だ。その告発でアメリカのNGOとかが騒ぎ出せば、高遠の腐れ法案なんて木っ端微塵《こっぱみじん》よ。こいつは効くぜ〉

携帯から流れる波多野の声は弾んでいた。

〈まだ実際に持ってったってわけじゃないが、まあ、そんなことを考えてるって話だ。いざってときの用心だよ。サリカが人身売買の被害者ってことで話題になれば、不法入国者じゃなく難民扱いに持っていけるかもしれねえ。そうなりゃあ、正規の在留資格も夢じゃなくなる。どうだ、一石二鳥ってやつだ〉

どう聞いても夢でしかない。汚い水を啜って生きる現役ヤクザが、嬉々《きき》として夢を語る。あえて指摘する気にもなれない滑稽さだ。

〈とりあえずサリカは俺がかくまってる。下井草にマンションを用意した。例のノートは俺が肌身離さず持っている。上には言ってねえ。オヤジとカシラには話したがな。そこんとこのスジだけは通しとかねえと、後でややこしくなるからよ〉

上というのは滝本組の上部団体である東甚連合。オヤジというのは滝本組の今崎《いまさき》組長でカシラは若頭の岡山《おかやま》だ。

波多野には人一倍に抜け目のないところがある。陰と日向の〈日向〉の部分だ。そうでなければ現代の暴力業界で生き残ってこられなかったはずだ。一見無防備なようで、あれこれと手を打っているのだろうが、それにしても。

〈心配するな、あんたのことは話してない。これからも話すつもりはねえよ。第一、どう話していいかさえ分からねえもんな〉

沢渡は呆然《ぼうぜん》として聞いていた。もともと陽性の男なのだろうが、出会って以来、こんなに生き生きとした波多野の声は初めてだ。

「なんだか楽しそうじゃないか」

冷え冷えとした自宅アパートの台所。携帯に向かって皮肉を口にするのがやっとであった。

〈あんたは楽しくねえってのか〉

相手は意外そうだった。こっちにとっては驚きだ。

「当たり前だ。なんで楽しいなんて言えるんだ。どうかしてるぞ、おまえ」

そう言いながら分かっていた。波多野の高揚の理由。だがそれを認めるのは怖かった。

〈女を助けて、警察や天老会のハナをあかそうっていうんだぜ。俺達みたいなごく

つぶしがさ。弱きを助け、強きをくじくってやつだ。男の晴れ舞台じゃねえか。いい気分だ〉

「よく考えろ。世の中、そんなにうまくいくわけねえだろ」

俺達は負け犬だ、負け犬が夢を見ちゃあロクなことはねえ――

現実を生きるヤクザとして波多野が隠していた〈陰〉の部分が、堰《せき》を切ったようにあふれ出ている。これまでの反動だ。波多野に陰日向の別がなくなる。それは途《と》轍《てつ》もなく危険な兆候であるように思えた。

〈上が動かなかったときはあんたの出番さ。裏と表、両方からやりゃいくらでも手はある。沈の野郎、確かに考えやがったぜ〉

「最後のバトンを俺に渡そうって気か。ふざけるな。勝手にやれ。何があっても手は貸さねえ。俺は関係ねえからな」

腰は引けつつも、心が惹《ひ》きつけられるように前に出ていくのを自覚する。波多野もそれを見抜いているのか、愉快そうに続けた。

〈サリカがまたいい女でよ。けなげなクセして度胸があるっていうか、腹が据わってるっていうか、今どきの日本にゃあ絶対いないタイプだぜ。チクショウ、惚れちまいそうだ〉

とっくに惚れているのだろうと沢渡は思った。

生き別れの子供を案じつつ異国に生きる女。寄る辺ない身でありながら、希望と誇りを捨てていない。悲惨な境遇にもかかわらず、背筋の伸びた彼女の横顔は、沢渡にとっても鮮烈だった。自分が幼い頃には、まだああいう女がいたような気がなんとなくする。色気づく前であるから〈なんとなく〉でしかないが。少なくとも、警察に奉職してからはサリカのような女には一度も出会ったことはない。

唐突に別れた女房を思い出した。

「切るぞ。もうかけてくるな」

携帯をテーブルの上に投げ出す。蛍光灯の白々とした光の下で、一人きりの台所の寒さが急に増したように感じられた。凍えた足の爪先から何かが這《は》い上がってくるような感覚。安普請のアパートに沁み入る深夜の冷気か。違う。もっとタチの悪い、別の何かだ。

警視庁の職員食堂でたぬきそばを啜っていると、親子丼の盆を手にした小淵が向かいに座った。小淵は沢渡の丼を一瞥《いちべつ》し、

「おまえ、最近そばかうどんばっかりだな」

「はあ、できるだけ切り詰めないと、あれこれ月々の払いが多いんで」

ふん、と興味があるのかないのか分からない息を鼻から吹いて、小淵は割り箸を片手で器用に割る。組対二課小淵係長の、それが警察で身につけた最大の得意技だ。

「出ていくカネのことを考えると離婚なんてするもんじゃないなあ。俺はよかった、女房に土下座しといて」

親子丼を大きな口でかき込みながら、小淵がぎょろりと沢渡を見た。

「で、その後どうなんだ、ペンママは」

「やっぱりデマだったみたいですね。自分も間が抜けてました」

そばを啜ってさらりと流す。

「間抜けにもほどがあるぞ。分かってんならもっといいネタ拾ってこいよ。ちゃんと本部の趣旨に合うネタをよ。でないとおまえ、この先本当にどうなっても知らんぞ」

「はい」

殊勝な風に頷いてそばのつゆを飲む。ねちねちとした小淵の催促は慣れっこだが、この状況ではひとしお堪《こた》えた。経済的に苦しいのも事実だ。金は欲しい。いつだってもっと多く金が欲しいと思っていた。

いっそのこと、ペンママの真実についてぶちまけてやろうかと思った。どう考えても自分には荷が重すぎる。頭がどうにかなってしまいそうだった。バトンをいきなり渡された小淵の顔を想像する。堪らなく愉快だ。そして自分は楽になる。上層部に忠誠を示して利口に生きるのだ。

しかしそんなことをすれば波多野はどうなる。サリカはどうなる。

波多野はヤクザで、サリカは不法入国者だ。知ったことではないどころか、取り締まるのが自分の仕事だ。しかし警察の実態はどうだ。法の実態はどうだ。

あれから『国際人材交流法案』について自分なりに調べてみた。ややこしい条文の読解には、調べるというより、受験勉強以来の苦労を要したが、何もかも沈の言った通りだった。

これまでの条文には在留資格に製造業、工業等の技能実習や研修はあったが、サービス業の研修に関する在留資格はなかった。これが『「出入国管理及び難民認定法」の別表第一の二』に追加されている。つまり、飲食業等の研修目的という名目で売られてきた女達が低賃金で働かされる可能性があるということだ。

また、人身取引に利用されやすい在留資格の「興行」「技能実習」「業務実習」については第三者機関を設け、入国管理局の補佐として機能させるとある。現役警察官の沢渡にはピンと来た。これは新たな天下り先の確保に他ならない。

雲の上の上層部など、地を這う自分には関係ないと思っていたが、からくりの一端を知った今ではもう天に向かって迎合する気にはなれない。

「聞いてんのか、沢渡」

口いっぱいに頬張った飯をくちゃくちゃと咀嚼しながら小淵が言う。

「聞いてますよ」

内面の苦衷を顔には出さず、湯呑の茶を飲み干す。いつもは白湯《さゆ》のように薄い茶が、今日は出すぎてやたらと渋い。

「お先に。外回ってきます」

盆を持って立ち上がり、相手の返事を待たずに下膳口の方へと向かった。言いしれぬ焦燥の脂が額に噴き出すのを感じていた。

七

新宿駅のホームで沢渡がぼんやりと下り電車を待っているときだった。同僚の新田から携帯に着信があった。さほど重要ではないネタをいくつかやりとりした後、相手が思い出したように言った。

〈あ、そうだ、滝本組の波多野が死んだってよ〉

息が止まった。新宿駅の喧噪《けんそう》が一瞬消えた。また同時に、それを心のどこかで予感していたようにも思った。

〈下井草のマンションで情婦と一緒に殺《や》られてたそうだ。殺ったのは砂田《すなだ》組の若いので、荻窪署に自首してきた。三課も四課も下井草のヤサは把握してなくて、おまけに一緒に死んでたアジア人の女も未詳らしい。みんなアワ食ってたよ〉

電車がホームに入ってきた。列に並んでいた乗客が左右に分かれ、降りる客を待って慌ただしく乗り込む。携帯を耳に当てたまま突っ立っている沢渡を押しのけるようにして制服姿の女子高生が車内に飛び乗った。ホームに立った駅員が沢渡を不審そうに一瞥してから合図する。扉が閉まり、列車が動き出す。去っていく列車を、沢渡は凝固したまま見送った。

〈おまえはいいよなあ、楽な仕事で。今日もペンちゃんの追っかけか〉

「そうなんですよ。楽な仕事なんですよ」

機械的に応じていた。その虚ろな響きに新田は気づかず、〈じゃあな〉というけだるげな呟きとともに電話は切れた。
楽な仕事なんですよ——
無音となった携帯電話を耳に当てたまま、そう独りごちていた。
飲酒運転だったんです——女を見殺しにしました——波多野もです——でも奴は、今度は女と一緒に死んじまいました——馬鹿ですよね——

その日普段通りに捜査をこなして帰宅した沢渡は、やはり普段の通りに留守電を聞いた。弁護士や元妻のメッセージを消去して、のろのろと風呂場の給湯ボタンを押し、台所で新聞を読んだ。夕食は外で済ましてきた。ショウガ焼き定食の油が胃に重い。テレビもつけてみたがどの番組も同じに見えてまったく頭に入らなかった。頃合いを見てシャツと下着を脱ぎ、風呂に入った。長らく掃除をしていないので酸っぱい臭いが鼻をつく。床のぬめぬめとした赤い湯垢で滑りそうになった。

波多野は死んだ——死んだんだなあ——

小さい湯船で両膝を抱え、ぼんやりとそんなことを思った。

腐れ縁のヤクザが死んだ。たったそれだけのことなのだ。

大男で色男。強面で繊細なヤクザ。現実的で、夢想家で。

馬鹿だなあ——かっこよく死にやがったなあ——

狭苦しいはずの浴室が、壁も底も抜けたように広く遠く感じられた。

あいつはもういなくなりやがったんだなあ——これで俺もラクになるなあ——

波多野のせいで、わけの分からない劣等感を背負わされてきた。そんな鬱屈した思いとも金輪際縁切りだ。

浴槽から出て、百円ショップで買ったプラスチックの椅子に尻を乗せ、タオルに石鹸をなすりつける。左肩を擦《こす》りながら泡立てた。習慣通りに、左右の肩から腕へとタオルを滑らせる。

全身を洗い、洗面器に汲んだ湯で泡を流す。息をついて洗面器を足許に置くと、かこんと軽い音がした。その音に自分の中の空虚を悟った。

俺の人生には何もなかった——

警察組織の一員として今日までを過ごしてきたが、もとより正義漢などではなく、公僕としての自覚もない自分には、その年月は無為としか呼べないものだった。ただ波多野という存在への劣等感だけが、自分の心に波を立ててくれていたのだ。

再び湯につかり、沢渡は固く目をつぶる。熱い湯につかっていても、何もない自分を見るのは震えるほど怖かった。

波多野とサリカは、それぞれ鋭利なナイフで一突きにされていた。明らかにプロの仕事だが、凶器持参で自首した砂田組組員は二十二歳の若者だった。砂田組系列の飲食店で波多野が客の会社員と揉めたことがあり、当時フロアマネージャーだった彼が叱責された。それを逆恨みしての犯行であるという。波多野を殺そうと現場マンションに侵入し、殺害。居合わせた女に犯行を目撃されたためやむなく同じ凶器で殺害した。

供述に大きな矛盾はなかったが、組対の捜査員達は誰も信じてはおらず、絵を描いた黒幕を突き止めようと息巻いた。殺された波多野は一部で新世代の武闘派と呼ばれていた男である。大規模な抗争の引き金となることも予想され、一時は警視庁組対部全体が緊張した空気に包まれた。

しかし大方の予想を裏切って、波多野の死は被疑者の供述通り、飲食店でのトラブルによるものということで急速に落着した。身許不明のアジア人女性については、多数いる不法入国者の一人であるとしてそれ以上の突っ込んだ捜査はなされなかった。

組対では内心不可解に思う捜査員は少なくなかったが、常の如く表立って抗議する者はなかった。

適当な口実を設けて沢渡は押収品のリストに目を通した。下井草の現場にも足を運んだ。

ペンちゃんノートはどこにもなかった。


「例のノートの件は片付いたようです。友情工商會の方から破棄を確認したと連絡がありました」

「そうですか」

執務室のソファに深々と座して、高遠は栗本の報告を聞く。大した話ではない。栗本の責任で処理しておくべき問題だ。そんなことで自分の貴重な時間が取られるのはこの上なく不本意だった。

「そうそう、例の品、手に入りましたのでお持ちしました」

タイミングを見計らったかのように、栗本はポケットから小さな平たいプラスチックのケースを取り出した。3DSカードであった。

「年末発売予定の『ハンモン』最新版です」

「本当か」

高遠は思わず身を乗り出した。おおっぴらにはしていない自分の趣味を、栗本は嫌らしいほど理解している。

「ええ」

半年ほど前、青少年への有害情報としてかねてから槍玉《やりだま》に挙がっているゲームについて、内閣官房で文部科学省、経済産業省、総務省など関係省庁の局長級会議が行なわれ、ゲーム業界の大立者へのヒアリングがなされた。警察庁から出席したのは生活安全局長の高遠で、調整に当たったのは内閣参事官の栗本である。このときつながりのできたゲーム会社の大物に対し、栗本はそれとなく高遠のゲーム好きを知らせた。こうして人気ソフトの最新バージョンを栗本が入手し、高遠に献上するというシステムができあがった。

もっとも、解釈によっては刑法上の贈収賄が成立するので、そうそう口外するわけにはいかないが。

「ご承知とは思いますが、くれぐれもご内密に」

「分かっている」

高遠はうるさそうに栗本の注意を遮った。渡されるたびに同じ注意を聞いている。

まったくうるさい。こっちは子供ではないのだ。

高遠の頭はすでに最新版の『ハンモン』でいっぱいで、中国人の引き起こした面倒事や漫画のノートのことなど、かけらも残っていなかった。

年が押し詰まり、そして改まってからも、偽ブランド品の捜査は続いた。何事もなかったかのような顔で、沢渡は日々の仕事に取り組んだ。朝から晩まで、裏社会に棲息するさまざまな者達と会い、偽物商品について調べ、取り締まる。そして、いかにも仕事のついでの世間話という風に、波多野の事件について触れてみせる。中に乗ってくる者がいると、適度に気のないふりをして相手の話に耳を傾け、情報を追う。誰にも悟られてはならない。根気よく、執念深く、世間話を繰り返す。

やがて、こんなことを話す者と出くわした。

「波多野さんが殺される三日くらい前かな、木村《きむら》の兄貴に言ったんですよ、それこそなんの気なしにね、これから波多野さんに金返すって、あの人には迷惑かけたって」

話しているのは東甚連合に出入りする造園業者だ。一応はカタギだがいわゆるグレイゾーンに属する人間。木村とは東甚連合の中堅幹部の一人である。

「あんた、義理堅い人なんだねえ、さ、もっと飲んでよ」

業者のグラスにビールを注ぎながら話を促す。

「あ、こりゃどうも……そしたら木村の兄貴は、にやっと笑って、まだ金は返さない方がいいぜって言うんですよ。なんでですかって訊いたら、急に真面目な顔になって、こんな不景気だから金はできるだけ手許に置いといた方がいいだろって」

「ああ、そりゃそうですよね。木村さん、いつも手堅い人だから。やっぱりカネ残す人は違いますよね」

たわいない相槌を打ちながら、沢渡はグラスを握る手が震えるのを感じた。

東甚連合は波多野の死をあらかじめ知っていたのだ――


欠勤届も出さずに沢渡は大井町のアパートで飲み続けた。無断欠勤は査定に響くが、今さらもうどうでもいい。近所の酒屋で買った日本酒を黙々とプラスチックのコップで呷《あお》った。

台所の窓がいつの間にか橙色に染まっていた。季節外れとも言える空の色だ。相当な時間飲んでいるのに、酔いを少しも感じなかった。代わりに恐怖を感じていた。恐怖と絶望、そして圧倒的な無力感。

これが現実というものか。何か大きなものの都合で、ほんの今まで生きて泣き、笑い、確かに存在していたはずの人が簡単にいなくなってしまう。ヤクザであろうと、警官であろうと。国民であろうと、不法移民であろうと。

何度か電話が鳴ったような気がするが、ただの耳鳴りだったかもしれない。

鍵を閉めていなかったドアが開き、熱のない冬の西日を背に黒い人影が現われた。影は何かためらうように、しばし玄関に立ち尽くした。

沢渡は酒を呷りながら影に目をやった。そして無言のままコップに酒を注ぎ足し、また飲んだ。それを許可と見たのだろうか、影は靴を脱いで上がり込んだ。

沈だった。

「高遠の法案の後押しをしてるのは天老会だけじゃなかった。東甚連合も最初からつながってたんだ」

テーブルの向かいに座った沈が静かな口調で語り始めた。窓の外はいよいよ朱《あか》く、沈の肩の輪郭が燃え立つように浮き上がっていた。

「そうとも知らず、俺はあんた達にペンママを預けてしまった。波多野さんからペンママの話を打ち明けられた滝本組の組長は、密《ひそ》かに東甚連合に報告したに違いない。俺の読みが甘かった。東甚連合は天老会と敵対しているが、人身ビジネスに関しては同じ業者の立ち位置だ。談合の可能性を当然考えるべきだった。なのに俺は……」

沈の眼鏡はブルーのはずだが、今その色は黄昏《たそがれ》の光ではっきりとは分からない。レンズの奥の目は黒い影になっていた。その影は、わけもなく沢渡の胸になじんだ。

こいつは一体何を言いに来たのか――

そんなことを思ったのも一瞬で、沈の予期せぬ来訪を、なぜか自然に受け入れていた。ふらつきつつも立ち上がった沢渡は、流し台にあった陶器のコップを取り上げ、水道で雑にゆすいでから沈の前に置いた。そして自分の椅子にまた腰を下ろして、沈のコップに酒を注いだ。

その酒を沈は音を立てずに飲み干した。

「全部俺のせいだ。俺は波多野さんに死刑執行の予約券を渡してしまった」

最初に中野のファミレスで会ったときと同じ、淡々とした口調。だが得体の知れぬ余裕は今は感じられない。

日本酒の瓶《びん》を傾けて沈のコップに注いでから、沢渡は呟いた。

「つまみが欲しいな。ちょっと待ってろ」

再び立ち上がって冷蔵庫を開ける。何もない。次に流し台の下の収納を開けてみると、空き瓶の列の奥に缶詰が転がっていた。しゃがみ込んで手を伸ばす。サバ缶だった。いつ買ったのか覚えていない。

「いいのがあった」

食器棚の引き出しから缶切りを取り出し、テーブルに戻った。サバ缶の表面にうっすらと溜まっていた埃をフッと吹き、缶切りを押し当てる。缶の縁をほぼ一回り開け、右手の爪先を突っ込んで引き上げる。

「ア痛《ツ》ッ」

指先に噴き出た虱《しらみ》ほどの赤い血の塊《かたまり》が、見る見るうちに豆粒ほどの大きさになる。縁のギザギザで切ってしまった。

別の手でポケットからしわくちゃのハンカチを取り出し、すぐに血を拭おうとしたとき、それまで黙って見ていた沈が、思いついたように声を発した。

「待て」

沢渡はハンカチを持つ手を止めて顔を上げた。

「沢渡さん、あんた、俺と兄弟にならないか」

「帮《パン》や洪門《ホンメン》の男達は、新しい仲間を迎える際に、仰々しい儀式を丸一日もやって最後に互いの血を盃《さかずき》で啜った。ちょうどいい。ここでやろう」

「ああ？」

「俺と盃しようってのか」

「ああ。あんたが受けてくれればの話だが」

「俺を義水盟の一員にするってのか」

「そうだ」

その突拍子もない申し出を、それほど奇異に感じなかった。自分で思う以上に酔っているのかもしれない。

「俺は警察官だぞ」

「関係ない。あんたも俺も、波多野さんを失って悲しんでいる。俺は波多野さんとサリカの仇を討ちたい。あんたも同じ気持ちだと思う」

「おまえらは黒社会じゃないんじゃなかったのか」

「青帮《チンパン》や紅帮《ホンパン》の系譜を受け継ぐとか自称する天老会のような連中とは違うということだ。黒道に義俠心はもともとなかったとも言ったな。だったら、俺達は最初の黒社会になろう。本来の意味の黒社会。真の〈黒〉だ」

台所に満ちていた朱い光が濃さを増し、すべての陰翳《いんえい》を深めていた。静寂に燃える朱と、哀切に沈む影。

「奴らみたいにもったいぶった儀式なんかいらない。俺とあんたと、二人だけの誓いで充分だ」

しばらく沈を見つめていた沢渡は、無言のまま、指先に溜まった血を一滴、自分のコップの中に垂らした。

「日本じゃ普通、酒を盃で酌み交わす。血を啜るってのもないことはないらしいがな。まあ、ここは日中の折衷様式で行こう」

沈は無言で頷いた。

「沈さん、あんたにひとつ訊いておきたい」

「なんだ」

「前に会ったとき、あんたは損得じゃない、信義だって言ったろう。ずっと考えてたんだが、あれ、嘘だろ？　その場のハッタリだろ？　あのときは俺なんて信じてなかったろ？」

陰翳の深まった沈の面上に、ゆっくりと笑みが広がった。

「信じてなかったら、ペンママを託したりしない」

「半分は信じてたかもしれない。だがそれは、あんたの中で波多野への信頼が担保になったからだ。後の半分は信じていたはずがない」

「どうしてそう思う」

「簡単だ。俺自身が俺を信じてなかったからさ」

沈はテーブルのサバ缶を自分の手許に引き寄せた。その引き上げられたフタの縁に右手の人差し指を押し当て、押しつけるようにして引っかいた。傷口から滲み出た血を、自分の酒にぽたりと落とす。

「組対の刑事が黒社会の男と盃なんて、一体どういう冗談なんだよ」

そう言いながら、沢渡は自分のコップを沈の方へと押しやった。

「世の中の方が冗談なのさ。しかもよっぽど出来が悪い」

沈もまた自分のコップを相手に差し出す。

「白状するが、俺は中国人は嫌いなんだ。ぎゃあぎゃあ騒がしくて、自分勝手で」

「俺も日本人には反吐《へど》が出る。卑屈で、同時に傲慢だ」

「俺達には国はない、か」

「そういうことだ。俺達には国も歴史も関係ない」

互いに視線を逸らさず見つめ合いながら、二人は同時に相手のコップの酒を飲んだ。相手の血の入った酒を。

飲み干したコップを置き、沈が言った。

「これであんたと俺は兄弟だ」

「何度も言うが、俺は現職の警察官だぜ」

「俺はあんたの身許を誰にも明かさない。紹介もしない。仲間や手下にも。あんたは俺だけが知る、警察の中の『黒色分子』だ」

黒色分子――

「それが狙いか。内部情報でもよこせってのか」

「波多野さんとサリカの仇討ちだ」

「他のことは知らねえぞ」

「それでいい。何をしようと、あんたには義水盟がついている。警察官としてできないことがあったなら、俺達が動く。あんたには手は汚させない」

「スジ者と盃してるってだけで、世間じゃあ充分汚れてるうちに入るんだよ」

皮肉でもなく嫌味でもなく、さっぱりとした口調で沢渡は応じた。

「なんだか急に酒が美味《うま》くなってきた」

「飲もう。波多野さんの通夜酒だ」

沈が自分のコップを手に取った。

「おう。あいつも俺達の兄弟だ」

台所の朱は翳《かげ》り、眼鏡を掛けた中国人も、酒瓶もテーブルも、何もかもが黒く沈んで見えなくなった。

## 八

［シリーズ・生安の星を密着取材］
カウンター席に面して置かれたテレビの画面に、仰々しく躍るタイトル。《八千《やち》代《よ》》店内のいかつい酔客達の間から笑い声が消えた。
《八千代》は組対部御用達の居酒屋で、その夜も七、八人の捜査員が飲んでいた。つけっぱなしのテレビでたまたま放映中だった『警視庁二十六時』をつまみに、それぞれ勝手なコメントを口にしてはおどけたりはやしたりしていた——「また交通課の特集かよ」「今のはヤラセっぽくなかったか」「交通課があんなイイこと言うもんか」。

それが颯爽と活躍する小板橋の映像になった途端、全員が無口になって顔をしかめた。それでも消してしまえとまで言う者はなく、かえってそれまで談笑に興じてテレビを見ていなかった者達さえ、食い入るように画面を見つめている。

同僚達に交じって沢渡も奥のテーブルからテレビを見ていた。

〈警察ですけど、ちょっとここ開けてもらえませんか〉

〈警察って、え、なんですか、一体〉

画面の中で、制服警官を引き連れた小板橋が雑居ビルのドアを叩いている。見覚えのある光景。だいぶ以前だ。今頃放映されるのか。

そのうち誰かが「あれ、沢渡じゃないか」と呟いた。店内の全員が沢渡を振り返る。

〈この娘、中国人のようです〉

〈そうみたいですね〉

〈すいませんが、この人の聴取お願いできますか〉

〈はい〉

一斉に「あーあ」という嘆声が起こった。「なんだあのザマは」「組対の恥さらしが」という声も。

沢渡は困ったように肩をすくめ、わざとらしく笑って見せた。同僚達は呆れたように舌打ちし、テレビに向き直って猪口《ちょこ》やグラスを持つ手を動かし始めた。侮蔑とそれを通り越した無関心の空気の中で、沢渡はへらへらと笑い続けた。

次の日、小淵からデスクに呼ばれた。

「俺は見てなかったが、昨日のアレだ。分かってんだろ」

「はあ」

頼りなく俯いてみせる。得意の表情だ。

「俺がまた課長から小言食らったよ。なんでいつも俺なんだよ、ええ、おい」

「はあ、すんません」

渋面を作っていた小淵は、胃の悪そうなげっぷを吐いて、

「アレはいくらなんでも体裁が悪いから、できれば使わないでくれって課長がこっそり申し入れてたそうだ」

「そうなんですか」

「うん、その後ずっと放映されなかったんで、俺もてっきり没になったと思ってたんだが、ウチの課長、広報の廣瀬《ひろせ》さんと仲悪いから、きっと話が通ってなかったんだろうなあ。つくづくツイてない男だよおまえは」

「はあ」

「それはそうと、ペンちゃんだ。おまえ、先週はからっきしじゃねえか。もっと頑張って取ってこいよ。こんなんじゃおまえ、話にもなんねえよ」

まるっきり出来の悪い営業マンのような叱られ方だ。

「今から回ってきます」

「おう行け行け。ネタ取るまで帰ってくるな」

しょぼくれた風情で沢渡は組対のフロアを出た。

合同庁舎を後にして歩道を歩き始める。庁舎内では弱々しかった足取りが、次第次第に弾み出す。隠していた心の高揚が、抑えきれずに外に出る。

黒社会の男と盃をした。兄弟分になった。あれほど馬鹿にしていた中国人と。黒社会という世の暗部に落ちたはずが、まるで真昼の陽光の下に解放された囚人のような晴れやかさだ。

誰にも言えない秘密を抱え込んでみて、沢渡はいかに自分が痛めつけられ、誇りを失っていたか、今さらのように思い知った。長年警察という組織にいる間、嫌な重さで押し込められ、知らず知らず、じくじくと腐っていったのだ。いや、腐っているという自覚はあったが、これほどのものだったとは。散々に傷つけられ、打ちのめされた自尊心が、意外な形で泥の中から頭をもたげた――そんな気がした。

犯罪者や暴力団員と深く結びついた警察官はこれまでにもいた。今も掃いて捨てるほどいる。しかしそういう連中は、みな単に警察の外で個人的に悪事をやっているだけだと言っていい。警察の内部情報を漏らすのも、外部の組織や個人の便宜を図ってのことだ。警察の中に向けて何かしでかそうと考えた者はいなかった。

『黒色分子』。警察の中の黒社会。沈の言い方を借りれば真の黒社会か。

義侠心や仁義といった、耳触りのいい言葉はそれだけで嘘くさい。そんな言葉を標榜する連中はもっとだ。義水盟だってそうかもしれない。だが自分は沈と盃をした。信じると決めた。だから裏切られても悔いはない。自分の甘さに酔いながら死ぬだけだ。

自分は吹けば飛ぶような現場の一刑事で、上に抵抗するなど思いもよらない。だが警察の中にいる自分と、黒社会の力が合わされば、警察内部の膿を出すことも可能かもしれない。そんな抵抗勢力の存在など、警察には想像することもできないはずだ。そう考えると足は一層速まった。

こんな自分にも——自分だからこそ——やれることがある。誰にも知られず。知られることなくやってやる。これまでの長い長い無為の時間を取り戻すのだ。自分が生きてきたということに、少しはましな意味を与えてやるのだ。

裏切りだとは思わない。何を裏切るというのか。今まで自分はずっと裏切られ続けてきた。警察から。そして自分自身から。

警察は中国人犯罪者を目の敵《かたき》にしている。天老会も当然取り締まりの対象で、現に多くの構成員が逮捕されている。しかし警察上層部が天老会とつながっているなら、どこかある一線で〈それとなく〉ブレーキがかかる仕組みになっているのだろう。ましてや、天老会の背後にいる連中を本気で排除しようとするとは考えられない。

だが、例えばだ——

警察の内部情報を上手く使えば。天老会の幹部を罠に掛け、仲間割れや強制送還に追い込んでいけば。

天老会の背後に潜む連中を炙《あぶ》り出すのも案外といけるかもしれない。さらには警察内部の悪党共も。

——いい気分だ。楽しいなあ。

波多野の声が聞こえたような気がした。

警察官を心底信じた。兄弟分になった。唾棄すべき日本人と。

東墨田の窓のない倉庫の中で、沈は十人ばかりの部下を指揮してペンちゃんグッズの在庫整理に当たっていた。ボールペンで適宜必要なメモを取り、段ボールを片付けながら、言いしれぬ感慨に耽る。沢渡と約束した通り、彼とのつながりはここにいる部下達にも話していない。

波多野という日本人を利用するつもりでいたはずが、思いもかけぬ展開になった。こんなことは初めてだ。

信じたのは波多野だった。沢渡の心底までは分からなかった。自分にとっては、沢渡は波多野のツレでしかなかったと言っていい。もっと厳密に考えると、自分は波多野と沢渡の関係性に惹かれたのではないかという気もする。

成り行きで手に掛けた松仁を思い出す。彼は運悪く父親の側にいただけだ。しかし自分は朋友殺しを躊躇しなかった。彼は朋友でもなんでもなかった。それがその場で明らかになったからか。それとも自分はもともと冷血な質なのか。たぶん両方なのだろう。そしてまたどちらでもない。

王義敏を中国共産党の悪《あ》しきシステムの象徴と見なしたように、その子松仁を太子（高級幹部の子弟）の象徴のように感じたのは間違いない。鳥肌が立つような忌《い》まわしい感覚は今も鮮烈に覚えている。初めての人殺しの感覚よりもだ。共産主義の看板を掲げながら驕り高ぶり、既得権益を声高に叫んで他者を見下す。鏡の中の醜悪な自分を見たおぞましさと拒否感だ。やはり殺すしかなかったと思う。殺さねば自分は当局に逮捕され、そして処刑される前に狂い死にしただろう。

松仁は当時大連の若者の間で流行《はや》っていた髭を生やしていた。年齢にも内実にも似合わぬ賢《さか》しげな髭だった。昔のコメディアンのような沢渡の髭も、似合っていないという点では松仁に似ている。顔のタイプはまったく違うので、沢渡と松仁を結びつけて考えたことなど今までなかった。また波多野とサリカを死に追いやった自分の迂闊も、すべて計算の埒外《らちがい》だった。

さまざまな事態の結果と感情がもつれ合った末、自分と沢渡が残った。

窮地に追い込まれて人は初めて己と己以外の他者の本性を知る。自分同様、波多野の死について調べる沢渡の行動を知ったとき、この滑稽な髭の警察官が信頼に足る男であると確信したのだ。

それでも兄弟分になろうとまでは考えていなかった。サバ缶を開けた沢渡が缶の縁で指を切った。その傷口から流れ出る赤い血を見て、突然に思い立ったのだ。天啓というやつかもしれない。運命や啓示の類の戯言《たわごと》はそもそも信じない質だが、それに近いものを感じたのは確かだ。そして考える間もなく、閃いた思いを口にしていた。

今も後悔はしていない。むしろさっぱりと晴れやかな心地がした。

鏡の中の松仁は砕け散り、その背後から別の朋友が現われた——そんな風にも感じる自分に沈は驚く。

サリカはいい女だった。波多野は一目惚れのようだった。自分はどうだったろうかと沈は自問自答する。惚れていなかったはずはない。サリカが波多野達についていくと決断したとき、微かに心がざわめくのを感じた。それが嫉妬であるとすぐに気づかなかったのは、そんな人間らしい感情と永らく距離を置きすぎたせいだ。サリカのために最善の策を取っているという判断にも揺るぎはなかったと言い切れる。

本心から彼女の力になってやりたかった。

ただ自分の場合、自惚《うぬぼ》れもまた過ぎたのだ。サリカの抱える問題をすべて解決してやれる、モノにするのはそれからだなどと、自分の力を過信した。挙句、天老会に重大な後れを取った。

この仇はきっと取る。取らねば自分を許せない。沢渡と二人で果たしてみせる。

部下を先に帰してから、沈は最後に倉庫を出た。

清掃工場の横を通り、歩いて旧中川の方に向かう。

仇を取る——しかしどうやって——

そんなことをずっと考えていたせいだろう。背後からつけてくる者達の気配に気づくのが遅れた。普段の自分からするとあり得ない油断であった。

振り返ろうとした瞬間、側頭部を何か鈍器のようなもので殴られた。同時に黒いセダンが近くに急停車する。後部ドアが開き、立ち上がろうとする前に車内に引っ張り込まれそうになった。車内にいるのも、背後にいるのも、全員が中国人だ。天老会か。

身をよじって抵抗する。しかし屈強な男達が力ずくで沈をセダンに押し込めようとする。乗せられたらそこですべてがお終《しま》いだ。

無数の手が沈の全身をつかむ。抗すべくもなかった。スーツのボタンが弾け飛ぶ。眼鏡がはたき落とされ、男達の足許でたちまち踏み潰された。沈はかろうじてスーツの内ポケットからボールペンを抜き出し、振り向きざますぐ後ろにいた男の目に突き立てた。

絶叫を上げて男が顔を押さえる。その隙に沈は男達を振り払い、必死に走り出した。

旧中川に沿って全力で走る。追ってくる者はいなかった。走りながら振り返ると、片目を潰されて泣き喚く仲間を運び込んで、セダンが走り去るところが小さく見えた。

危なかった――

それでも沈は、しばらく足を止めることができずに走り続けた。

「安藝謀《あんげいぼう》、三十一歳。中国籍の不法入国者で現住所は板橋区小豆沢《あずさわ》。悪質非正規商品販売業者グループ、通称義水盟の有力メンバーと思われます」

捜査会議で立ち上がった小淵は、手にしたメモを読みながら報告した。

「この安が近々新たにペンちゃん商品を大量に仕入れるとの情報を入手。なお同人《どうにん》は表紙にペンちゃんママの描かれた古いノートを常時携帯しています。安がそのノートを闇商売仲間に見せびらかし、大事な商売道具だなどと語っていたことから、そこには偽ブランド商品取引に関するなんらかの情報が記入されているのではないかと推測されます」

小淵が着席した後、副本部長の稲森や事件主任官の福本らと視線を交わした八木は、表情を変えることなく指示を下した。

「小淵班の情報は多数の証拠もあり、確度は高い。ただちに令請《れいせい》（令状請求）を行なう。商品の入荷を待って安を確保する。マル被《ヒ》（被疑者）に気づかれぬようくれぐれも注意のこと」

さらに十分ほど細かい指示や注意が続いて会議は終わった。幹部の退出を待って捜査員達が散会する。

小淵は沢渡の肩を叩いて言った。

「やったなあ、沢渡。これで俺達も今日からは会議で肩身の狭い思いをせずに済む。いやあ、よかった。おまえならやってくれると信じてたよ」

間近から吹きつける口の臭さに閉口しながらも、沢渡はそれを顔に出さずに微笑んだ。

「いえ、小淵さんにハッパかけてもらったおかげです」

「よし、昼飯行こう。今日くらいはそばやうどんじゃなくて天丼にしとけ」

「小淵さんのオゴリですか」

小淵は一瞬えっという表情を見せてから、
「そうだよ、俺に任せとけよ」
「助かります。喜んでお供します」
やはり何食わぬ顔で沢渡は小淵に従い、会議室を後にした。

午後十一時すぎに小豆沢のアパートを出た安は、小豆沢神社の前を通って環八通りに出た。それまでゆっくりとした足取りだったが、赤に変わる寸前の横断歩道を駆け足で渡った。環八通り沿いに東に向かって歩きながら、安は肩越しにそれとなく背後を振り返る。尾行の有無を確認したのだ。

しばらく行って、安は再び環八通りを渡り直し路地に入った。駐車場と新築のマンションに挟まれた倉庫の前で立ち止まる。古い商店を改築した二階建てだ。ジャンパーのポケットから鍵を取り出した彼は、ドアを開けて中に入った。真っ暗だった倉庫の窓に蛍光灯の明かりが点《とも》る。

一連の安の行動を、沈は浮間中央病院近くのコイン式駐車場に停めたBMWの中で聞いていた。あらかじめ各所に配した部下が携帯電話で連絡してくる。すべて予定通りである。だが予定通りに獲物が掛かってくれるかどうか。

沢渡は予想以上に頭がいい——

沈は新たに得た兄弟分を頼もしく思った。沢渡という警部補は自分という駒の意味と有効性を理解している。この作戦も大まかな絵を描いたのは沢渡だ。

沈と沢渡は入念な打ち合わせを行なった。沈から渡された情報を、沢渡はさも地道な捜査の結果であるようなふりをして上に報告した。安の入っていった倉庫は警察では把握していない。基本的な行動確認は別にして、警察では安の常時監視までは行なっていなかった。沢渡を通じて警察の状況は逐一耳に入っている。安は自分が囮《おとり》役であることを承知の上で行動している。

倉庫に着いて三十分ばかりを在庫確認等の作業に費やしたのち、安は二階に上がって消灯する手筈《てはず》になっていた。目に浮かぶ。簡易ベッドの置かれた寝室で、安は蛍光灯を消す。外に漏れる光が消えるのを、監視の手下が確認する。

ＢＭＷの車内でじっと待つ。来るか、来ないか。来るはずだ。そのために格好の餌《えさ》を撒《ま》いた。［表紙にペンちゃんママの描かれた古いノート］。［偽ブランド商品取引に関するなんらかの情報］。ただそれだけの文言で、敵は引っ掛かるに違いない。自分達が隠滅したはずのペンママのノートが、実はもう一冊あったのではないかと。偽物。山寨。もとより虚実の曖昧な話ではないか。

これまでの経緯から推測すると、警察上層には『ペンママ』というキーワードに敏感に反応するセンサーがあると思われる。沢渡の情報は捜査会議で明らかにされた。この話はきっと高遠の耳に伝わる。

仕掛けてからもう三日が過ぎている。何も知らない現場が動いて安を逮捕し、ノートを押収すれば取り返しのつかない事態になる。相手に余裕はないはずだ。強制捜査の前に必ず動く。

深夜の赤羽北。すぐ近くの環八通りを行き交う車の騒音が伝わってくる。通行人は数少ない。駐車場に停められた車の中に注意を払う者はいなかった。向かいのビルの壁面に並ぶ自販機が、白く侘びしい光を放っていた。

携帯が鳴った。安が消灯してから一時間と十分が経《た》っていた。

〈来ました。三人です。勝手口に回ってます〉

倉庫には路地に面した正面口の反対側に勝手口がある。マンションの陰になって表からは見えない。侵入には最適だ。計算の上でそういう場所を選んだのだ。

四分後、次の報告が入った。

〈押さえました〉

「よし」

携帯を切り、駐車場から車を出す。合流場所は決めてある。

室内の照明を消して就寝すると見せかけた安は、二階のベッドで侵入者を待つ。安を殺害して彼の所持するノートの内容を確かめようとする天老会の刺客《ツークー》を。侵入した刺客が、足音を殺して二階の寝室に入ると同時に、あらかじめ隠れていた沈の手下が取り押さえる。

すべて狙い通りに事が運んだ。

環八通りを東に向かい、新荒川大橋を渡って埼玉県に入った沈は、鳩ヶ谷の変電所通りから一本さらに北に入った路地で、BMWを雑居ビル地下の駐車場に入れる。そこには黒いミニバンが二台停まっていた。先行した部下達の車だ。非常階段を使って二階に上がる。小さいビルで二階フロアにドアはひとつしかない。そのドアを軽く二回叩く。

「ご苦労様です、大哥《ダーグー》（兄貴）」

安が顔を出して沈を中へ招き入れた。落ち着かない様子で、まだ恐怖と緊張が収まりきっていないようだった。無理もない。倉庫の各所や寝室の押し入れに屈強な仲間達が潜んでいたとは言え、我が身を凶悪な殺手《シャショウ》に晒す囮役である。ひとつ間違えば自分がやられていたかもしれないのだ。

室内は仕切りのないワンフロアで、家具や装飾類は一切置かれていない。何もかもが剝き出しで冷ややかな空間の真ん中に、ガムテープで口をふさがれ、手足を縛られた三人の男が転がされていた。周囲に立っていた男達が、入ってきた沈に向かって一斉に頭を下げる。

床には三つのボストンバッグが置かれていた。

「こいつらの荷物です」

沈の視線を察知して、安が男達に指示を下す。

「中を調べろ」

すぐに男達がバッグの中身を床にぶちまける。人民日報の黄ばんだ紙やコンビニのレジ袋らしいポリ袋に包まれた塊がいくつか入っていた。その包みを開梱すると、銀色の小さい刃物のような道具が何本も床に転がり落ちて甲高い音を立てた。

「おまえらの仕事道具か」

安が呆れたように言う。

「医者かおまえらは」

確かにいずれも、外科手術で使われる器具にしか見えなかった。また注射器や薬品の容器、脱脂綿やビニールシートなどもあった。脱脂綿は流出する血を吸わせて飛散を避けるためのものだろう。

「そうか、貴様らか」

沈が重い声を発した。

「大森と船堀で仲間を殺ったのは貴様らだな」

部下の男達が三人の口からガムテープを荒々しく引き剝がす。三人は無言のまま憤怒の目で沈を見上げた。

部下達が三人を容赦なく蹴りつける。

「どうした」「なんとか言えよ」「さっさと答えろ」

だがいくら痛めつけられても、三人は獣のような咆哮《ほうこう》を上げるばかりで口を割る気配はなかった。

沈は視線で部下を制する。男達は蹴るのをやめて一歩下がった。顔中を腫らし、鼻や口から血を流した三人が、威嚇と怯えの混じる目で、後から入ってきた青い色付き眼鏡の男を見上げる。

しゃがみ込んだ沈は、足許に転がるメスのような器具を一本、指先でつまむようにして拾い上げた。

「苦しめるだけ苦しめて殺す技術を持っているのは、貴様らだけじゃないんだよ」

三人はやはり答えない。充血した目で沈を睨んでいる。

沈は手にしたメスをいきなり一人の肩に突き立てた。

男は低く呻いただけだった。角張った顔中にたちまち脂汗が噴き出るのが見て取れた。気力で苦痛を堪えながら怯《ひる》まずに沈を睨み続ける。

「生憎《あいにく》、俺はそんな技術を学んだことはない。部下の中には心得のある奴もいるだろうがな」

それに該当すると自負するらしい男が二人、意欲満々といった顔で前に出る。が、沈は変わらぬ口調でメスが刺さったままの相手に語りかける。

「実はおまえ達に訊きたいことはそれほどないんだよ。天老会と警察のつながりも、ペンママのおかげで細かいところまで分かっているしな。大森と船堀の実行犯について聞き出すつもりだったが、それももう分かった」

猛々しく脅すよりも恐ろしい。背筋の凍りつくような沈の宣告。

「おまえらは殺手だ。殺しが専門の下っ端だ。ただの契約社員だ。組織のビジネスについてはほとんど知らない。違うか。何か命乞いのネタがあるというんなら聞いてやる。なんでもいい。今のうちだ。なければそこまでだ」

メスを肩に刺された男が、沈に向かって唾を吐いた。弱々しく吐かれた唾は沈に届かず、自身の着るジャンパーの裾に染みを作っただけだった。

「そうか、何もないのか。残念だったな」

それだけ言うと、沈は立ち上がって安を振り返った。

「安、おまえは予定通りすぐに日本を出ろ」

そして黒い手帳のようなものを取り出し、安に渡す。パスポートだ。

「さっき偽造屋の楊《ヤン》から上がってきた。新しい名は林《リン》だ。シンガポールでしばらく遊んでいればいい」

「分かりました、大哥」

安が頷くのを確認し、そのままドアに向かった沈は、思いついたように足を止めて室内の男達に言い残した。

「ほどほどにしとけよ。俺達は天老会とは違うんだ。早めに殺してやれ」

男達は一斉に低頭した。

強制捜査の寸前で被疑者の所在が不明となった。捜査本部では一時騒然となったが、すぐに沈静化した。もともとの事案が殺人等の重大なものではなかったということもあるが、上層部が問題化するのを避けたという面が大きい。あまり追及すると内部情報の漏洩が疑われる事態となる。

それでも小淵は例によって稲森課長から小言を言われたらしく、《八千代》で沢渡相手にこぼした。

「肝心のマル被がガサ入れ寸前でバックレなんて、沢渡、おまえ、安に逃亡の恐れなしとか言ってたじゃないか」

「はあ、商売は順調でしたし、バックレる理由なんてないはずなんですが……それに、監視なんてしなくていいって、そもそも上が判断したことでしょう?」

「そうなんだよなあ」

小淵は冷やのコップを口に運びながら、

「決めたのは全部上だしな。今回のことを上は早めに収めたがってるみたいだし、どうもこりゃあ、ひょっとしたら情報が漏れてるのはだいぶ上の方なんじゃないか」

「滅多なことは言わない方がいいですよ、小淵さん」

もっともらしい顔で言いながら沢渡はつまみの枝豆をかじる。

三人の殺し屋が引っ掛かった一部始終は沈から聞いている。逆襲の一発目としては大成功だ。大した情報は得られなかったらしいが、それなりのネタは二、三あったという。

上層部は強制捜査の情報を漏らしたのが他ならぬ自分達であるから事を荒立てられずにいる。常時監視はしないという方針も、天老会に仕事をやりやすくしてやる配慮だったのだろう。一方の天老会は、安も殺し屋も消えたことから、自分達の差し向けた刺客が返り討ちにあったことくらいは察しているはずだが、強制捜査自体が沈と沢渡の計略であるとまでは見抜けまい。

「上からネタが漏れてるなんて、今の、聞かなかったことにしときますから」

小淵は、ああ、うん、と曖昧に頷いてから、愚痴を別の方向に切り替えた。

「まあどっちにしろ、俺達にしてみりゃこれまでの捜査がひとつ無駄になったわけだ。沢渡、おまえってのは、よくよく巡り合わせの悪い男だな」

「まったくですよ」

神妙に応じつつ、沢渡はカウンターの中の親爺に言った。

「すみません、あたりめを追加で」

天老会に関する情報は沈が細大漏らさず知らせてきた。売春、窃盗、暴行、恐喝、強盗、詐欺。そして殺人。それらの情報を沢渡はそれとなく担当捜査員に流す。いずれも末端構成員による犯罪だが、天老会にダメージを与えられることとならやっておいても無駄ではない。

情報を渡すのも一度にではない。それだと不審を招く。時を見て、折を見て、タイミングと効果を考えて。自分が黒色分子であると悟られぬよう配慮する。

中には大掛かりで悪質な犯罪もあった。天老会は六本木をはじめとする都内の数か所で不法入国者による高級売春クラブを経営していた。従業員の女性は全員、不法入国者というより人身売買の被害者だ。だまされて、あるいは強引に日本に連れてこられ、膨大な借金を背負わされて違法な仕事に従事させられる。生安でも目をつけてかねてより内偵捜査を行なっているようだが、沢渡は義水盟から得た情報を惜しげもなく生安にくれてやった――自分のネタ元から入った噂なんですけど、担当じゃないし、よかったら……いえいえ、いつもお世話になってるし、そっちの手柄と言うことで……そうですね、八千代で奢って下さいよ……その代わり、こっちのネタが入ったら……ええ、ええ、お互いさまです、頼みましたよ……

黒色分子に組対も生安もない。弱い者、女子供を食い物にする連中に、思い知らせてやるだけだ。

奇妙なことに、そして皮肉なことに、沢渡は任官以来、自分が初めて警察官になったような錯覚さえ感じていた。

九

さて、次はどんな手で行こうか――

肌寒い薄曇りの朝、そんなことを考えながら登庁した沢渡は、ポケットの中の携帯が振動するのを感じた。エレベーターを待っているときだった。携帯を取り出して表示を見る。発信者の名義は『阿君』。沈との間で決めたコードネームだ。ちょうど扉を開けて人を吐き出し始めたエレベーターに背を向けて、沢渡は人気《ひとけ》のない方に移動した。

「はい、沢渡です」

〈偽造屋の楊が殺された〉

「誰だ、それ」

〈俺がいつもＩＤの偽造に使っている男だ。西綾瀬の公園でさっき死体が見つかっ

た。今所轄が現場を封鎖してるそうだ。どうも天老会の仕業らしいが、所轄ではまだそこまで把握してない〉

西綾瀬なら綾瀬署だ。後で当たってみるかと頭を巡らす。

「そいつはこっちの足がつくようなネタでも持ってたってのか」

〈いや、楊は仕事が終わると関係したものをその場で全部始末している。そんな下手を打つような男じゃない〉

「じゃあなんで天老会がそいつをラチってバラすんだ。こっちとは関係ないスジで殺られたんじゃないのか」

〈その可能性もあるが、どうも気になってな〉

沈の声にはいつものような明快さがなかった。

「分かった。何か情報があったらすぐに知らせる」

〈頼む〉

携帯を切ってエレベーターに向かう。

組対のフロアに入った途端、小淵係長から怒声が飛んできた。

「沢渡、遅いぞおまえ、遅刻じゃねえか」

えっと思わず腕時計を見る。規定通りだ。

「いいからさっさとこっち来い」

苛立たしげに小淵が呼ぶ。係長のデスクの前には同僚の新田らがすでに集まっていた。急いでその輪の中に加わる。

それを確認した小淵が、普段より三割増しの渋い顔で捜査員達に告げた。

「新田、沢渡、加藤《かとう》、それと吉村《よしむら》。おまえ達は山野井《やまのい》班の応援に行け。都内四か所で今から義水盟の倉庫にガサ入れだ」

「え?」

すぐには理解できなかった。

「なんですか、それ。ペンちゃんグッズの担当はウチでしょ」

小淵はますます渋い顔で、

「山野井のネタ元によると、大森と船堀の殺しは義水盟の仕業らしいっていうんだ。例の殺しなら確かに山野井の担当だ。あっちの本部(捜査本部)はその線で固まってる。それでおととい、課長を通じて俺んとこからも人を出せって言ってきた。あっちこっちの同時捜索で山野井班だけじゃ手が足りねえんだと」

小淵班の関わる偽ブランド商品の摘発と、山野井班の関わる中国人連続殺害事案はそれぞれ別の捜査本部が立っている。稲森二課長ら組対幹部は小淵班、山野井班双方の情報を把握しているが、保秘の徹底のため、管理する情報を原則としてどちらにも下ろすことはない。そんな理屈は百も承知だが、寝耳に水の小淵としては当然面白くない。また小淵自身も同じ理由で、部下の沢渡らにも今朝まで秘匿を余儀なくされたのだ。

沢渡が登庁時に感じていた密やかな高揚は今や跡形もなかった。

不意打ちだった。義水盟の捜査、すなわちペンちゃん関係の捜査なら自分がすべて把握していると考えていたのが油断であった。

「それにしたって山野井の奴、こっちにも一言くらいあったっていいだろうに。え、そうだろ、それが職場の円滑な人間関係ってもんだろ。その上にだよ、手が足りないから応援に人をよこせって、こっちをなんだと思ってやがる」

そこまではぐちぐちと言ってから、小淵は急に別人のような締まった顔で、部下達に向かって声を張り上げた。

「連続中国人殺しの容疑で十一時にガサ入れ。月島、中野、西新井、野方、この四か所に義水盟の倉庫がある。月島署、中野署、西新井署、野方署ではすでに用意が整っている。野方の令状だけ遅れてるそうだが、今頃はもう届いているはずだ。おまえ達は山野井係長の指示に従い、迅速に動け。何も見落とすんじゃねえぞ。それから――」

そのとき、奥の方から甲高い声がした。

「おおい、小淵君」

せかせかと歩いてきた稲森課長が、片手を大きく振って小淵を差し招いている。課長は耳に携帯電話を当てて誰かと通話中だった。

「ちょっと待ってろ」

小淵はそう言い残して稲森の方へと足早に向かった。稲森は携帯を使いながら、パーティションで区切られた小部屋の方を顎で示し、自ら先に立って中へと入った。小淵の姿も後を追ってパーティションの中へと消える。

「今のうちに小便に行ってきます」

横の新田に声をかけて、沢渡はフロアを出た。廊下をゆっくりと歩きながら携帯電話を取り出し、『阿君』の番号を呼び出して発信する。

早く出ろ――

反対側から歩いてくる職員にごく自然に目礼し、すれ違う。

何をしている、早く出やがれ――

〈早いな、何か分かったか〉

沈が出た。聞き取れるかどうかギリギリの小声、それも早口で告げる。

「義水盟にガサ入れが入る。大森と船堀の殺しはおまえ達の犯行だってことになってる」

〈天老会の流したガセネタだな〉

「ガセでも令状が取れるくらいにはウラがしっかり作り込まれてるってことだ」

〈場所は〉

「月島、中野、西新井、野方。誰かいるんならすぐに出るように連絡しろ。野方の捜索令状は遅れてるらしいが、今のところガサ入れは全部十一時の予定だ」

〈……そういうことか〉

電話の向こうで沈が呻いた。

「どうした？」

〈殺された偽造屋の楊だ。月島、西新井、中野は違法商品の倉庫でしかないが、野方は俺の秘密の事務所だ。楊はその場所を知っていた。それを死ぬ前に吐いたんだ。あちこちの倉庫の場所をタレ込んだ天老会は、ギリギリで手に入った野方のネタも追加でくれてやったに違いない。だからそこだけ令状が遅れてるんだ〉

「押収されるとヤバイものでも置いてあるのか」

〈倉庫には違法商品の在庫が若干残っているが、摘発されても大したことはない。それよりも事務所だ〉

「パソコンか」

〈そんなものじゃない〉

トイレに着いた。中から話し声が聞こえる。人がいるのだ。トイレの前を通り過ぎ、廊下を歩きながら話す。警視庁の廊下で携帯を使いながら歩いている者は結構いる。こちらに注意を払っている者はいない。少しでも不審に思われるわけにはいかない。

「じゃあ何があるんだ」

〈貸金庫の鍵だ。警察ならどこの鍵か割り出せるだろう〉

「そりゃ本気になって調べればすぐに分かるだろう。令状を取って金庫を開けさせることもできるが、一体何が入ってるんだ」

〈債券だ〉

「債券？」

〈ああ、一時的に預かった債券とそれに関連する書類が入っている〉

「ヤバイ筋か」

〈名義人に迷惑をかけたら殺される。だがそれだけじゃない〉

「それ以上に何があるって言うんだよ」

〈全部の債券と書類を突き合わせると、ある人脈が浮かび上がる。大陸からインドネシアにまで広がるネットワークだ〉

前方からまた知った顔がやってきた。満面の笑顔で慇懃に目礼し、すれ違う。内心は笑顔とは対極にある。

「前に言ってたアレか、ペンママを紹介したっていう」

〈言わば名簿だ。たとえ一部であってもそれを漏らしてはならない。漏れたら義水盟にとって致命的なことになる。その前に信義に関わることだ。俺は自分の命で償うしかない〉

「どっちに転んでも死ぬしかねえってのか」

〈そうなるな〉

相変わらず恬淡《てんたん》とした口調だが、さすがに隠しきれない焦燥が滲んでいた。

「天老会は金庫にそんなものが入ってると知ってたのか」

〈そこまで知っていたはずがない。義水盟の拠点を警察に一斉捜索させてダメージを与えるつもりだったんだろう。それがこっちにとってはダメージどころか致命傷

だったというわけだ〉

不意に横から声をかけられた。

「おっ、沢渡ちゃん」

ぎょっとして視線を向ける。総務部広報課の早乙女《さおとめ》だった。

「君、この前は大ウケだったね。あれ、局の方でも評判よかったってさ」

『警視庁二十六時』で小板橋相手に間抜け面を晒した話だ。早乙女はテレビ局との窓口役を務めているせいか、最近口調まで嫌な業界人風になってきた。

「今度一杯やろうよ沢渡ちゃん。局の人にも紹介するから」

片手で早乙女を拝む仕草をしてから、その手で携帯を示してみせる。早乙女は苦笑して去った。

こちらの気配を察した沈が不安そうに、

〈どうした〉

「なんでもない。続けてくれ」

〈ガサ入れは十一時だな。それまでには取りに行ける〉

「馬鹿、絶対に行くな。もう誰か張り付いてるはずだ。近寄るだけでもまずい」

踵を返し、もと来た方へと駆け戻る。

「俺がなんとかする。そのまま待て」

全力で走りながら携帯を切り、組対のフロアに駆け込んだ。

ちょうどパーティションの中から出てきた小淵が、自席の方に戻るところだった。

新田達は先ほどの通り立ったまま上司を待っている。せかせかとした早足程度に歩調を落として、沢渡は同僚達の輪に入った。

何食わぬ顔をして指示を待つ沢渡を一睨みして、小淵は口を開いた。

「待たせたな。ええと、現場のアサイン（割り振り）だが、それだけはこっちで決めるから、おまえらの勝手にはさせんと山野井には言っといた」

つまらないというより意味のない意地と面子の話だが、警察の日常業務では当たり前のように交わされている。そしてそれが沢渡の狙い目でもあった。こういう場合、不自然でなく優先されるのは土地鑑の有無だ。

勢い込む内心を悟られぬよう、いつものうすぼんやりとした表情で沢渡はすかさず口を挟んだ。

「それでしたら自分は野方に鑑があります。何年か前、あの辺で強殺《ごうさつ》（強盗殺人）があありまして、本部に入ってました。あの辺一帯で集中的に地取りをやったもんです」

口から出任せの嘘である。野方署の捜査本部に所属した経験などない。調べられればすぐにばれるが、よほど疑わしい行動さえしなければ、そんなことをわざわざ調べる者などいないだろう。今はそれくらいのリスクはやむを得ない。

「そうか、じゃあ沢渡、おまえは野方に行け」

小淵はまるで疑う様子もなくあっさりと決め、

「他に鑑のある奴はいないか」

「自分は前に西新井署にいました」

加藤が続けて言った。

「よし、加藤は西新井。他には？　ないか、じゃあ新田は月島、吉村は中野だ。よし、行ってこい」

四人の捜査員はすぐにフロアを出て、それぞれ指示された場所を目指して慌ただしく散っていった。

沢渡は捜査車輌のスカイラインで本庁から野方署に向かった。

片手でハンドルを握りながら携帯で沈を呼び出す。

相手はすぐに出た。

「俺だ。野方に回してもらえることになった。運がよかった。今向かってるとこだ。事務所の内部はどうなってる」

〈よくあるタイプの2LDKだ。リビングの奥に洋室と和室がひとつずつ。仕事に使ってるのは左の洋室で、デスクにパソコンとノート類。スチールの書類棚にファイル。リビングに積んである段ボールには商品見本が入っている〉

「例の鍵はどこにある」

〈デスクの引き出しに文房具と一緒に入ってる。右の引き出しだ〉

「鍵は一本だけか」

〈ああ。他は筆記具とかディスクとかUSBメモリとか、細々したものが一緒くたに入っている。偽造カードもあったな〉

ハンドルを持つ手が滑りそうになる。

「ヤバそうなブツばっかりじゃねえか」

〈致命的なのは鍵だけだ。それ以外はこの際どうでもいい〉

「右の引き出し、細かいものの中か」

自分の頭に叩き込むように、口に出して繰り返した沢渡に、

〈何をするつもりだ〉

「できるだけやってみる。保証はできないがな」

具体的に何をやるとは答えなかった。自分でも明確なプランはない。

〈大丈夫か。なんとかなりそうか〉

「全然大丈夫じゃねえよ。状況次第だ。とにかくやってみるしかないだろう」

携帯を切って速度を上げた。新宿通りから外苑西通りを経て靖国通りへ。そして青梅街道を西へ進む。

ガサ入れ。十一時。右の引き出し。貸金庫の鍵。

考える。ネットワークとやらには当然沈自身の名も含まれているはずだ。万一沈が拘束されるような事態になったら、沈は自分の名を吐くだろうか。たぶん吐かない。血の契り、義兄弟の誓いを信じるような、自分の甘さが信じられない。それでも沈は吐かないと感じられる。また、たとえ沈が自分の名を吐いたとしても、自分はそれを平然と受け入れられるだろうとも思う。それが覚悟だ。

――沢渡、おまえ、自分は変わったとでも言いたいのか。

波多野の言葉を思い出す。いや、違う。波多野ではない。言ったのは自分だ。自分が波多野に言ったのだ。

目眩がしそうな緊張の中でなぜか笑いが込み上げる。

波多野の甘い情熱が、自分に乗り移ったような気さえする。自分にも〈陰〉と〈日向〉ができたのか。

沈は信じる。沈の裏切りよりも恐ろしいのは、沈を失うことだ。波多野を失ったときに感じた空漠の恐怖はもう二度と味わいたくない。今ここで、新たに得た兄弟を失えば、情けない自分の本性が再びぬるりと立ち現われてくるような気がした。

それにはもう耐えられない。


野方署は中央線中野駅の北側に位置し、中野署よりも中野駅に近い。野方署の駐車場が一杯だったので、沢渡は近くのコイン式駐車場にスカイラインを停め、野方署に飛び込んだ。

組対課では野方署員達がすでに臨戦態勢で待機していた。輪になって打ち合わせをしている男達の中心に、山野井の姿があった。

山野井はこっちの現場だったのか――

班長自ら目を光らせているとなると、何をするにしても相当やりにくくなる。ハードルがぐんと上がったような胸苦しさを感じる。

ぼんやりしてはいられない。意を決して山野井に声をかける。

「山野井さん」

「おお、沢渡か」

山野井が振り返る。彼の部下や野方署の署員達も。

「おまえ、遅いぞ」

「すいません、小淵さんから指示を受けてすぐに飛んできたんですが」

ガサ入れの動きをギリギリまで他班に秘匿していた山野井は、一瞬痛いところを衝かれたというような表情を見せたが、すぐにいつもの精悍《せいかん》な顔に戻って、

「今最後の確認をしてたところだ」

「山野井さんがこっちとは聞いてませんでした」

「そうか、小淵にはそこまで伝わってなかったか。課長は把握してるはずなんだが」

情報の寸断は警察の日常茶飯であるから誰もそう気にはしない。

「俺はこっちの現場から月島、中野、西新井の指揮を執る。沈の姿は確認されていないが、十一時に捜索開始だ。おまえもしっかりやってくれ」

沢渡が殊勝に「はい」と答える前に、山野井と男達は移動を開始していた。

野方三丁目、工業高校近くの住宅街にそのマンションはあった。規模は大きくない。築十数年といったところだが、外観は古臭く、雑居ビルの趣もある。

そのマンションの二階に義水盟の倉庫――沈の隠し事務所が入っているという。

近くの路上に停められた指揮車輌の中で、無線のヘッドセットをつけた山野井班の藤本《ふじもと》が配置された各員と連絡を取っていた。藤本の左右にはやはり山野井班の増田《ますだ》と相原《あいはら》。狭苦しい座席に山野井班長と並んで腰を下ろした沢渡は、緊迫する車内の様子を眺めつつ待機した。

現場指揮の山野井は腕組みをして押し黙っている。その横顔には、捜査に懸ける気迫のようなものがあった。

山野井は本気なのだと沢渡は直感した。本気で義水盟が一連の殺しの被疑者であると信じている。

だとするならば――

山野井本人は今回の罠には無関係だ。どこのネタ元から得たものかは分からないが、巧妙に仕込まれたガセネタを信じ切っているのだ。高遠を頂点とする幹部達は、山野井の追うスジが見当違いであると知りながら空とぼけて後押ししている。すべては義水盟を叩くための茶番だ。

「どうした沢渡、また気分でも悪いってのか」

山野井がぼそりと言った。船堀の殺しの現場に同行したときのことを思い出したらしい。

「はい、ちょっと吐き気が」

嘘ではなかった。正直、吐き気のする胸くその悪さだ。

「昨夜《ゆうべ》飲み過ぎまして」

わざとらしくならないように小さくげっぷを漏らすと、山野井は心底呆れたように舌打ちした。

「おまえが俺の部下じゃなくてよかったよ。小淵に同情するぜ」

「はあ、すみません」

藤本が声を上げる。

「各員の配置、再確認完了しました」

「よし」

山野井が腕組みをほどき、車内に設置されたデジタル時計の時刻表示に目をやる。

十時四十四分。

一分後、山野井の懐で携帯が鳴り出した。同時に増田と相原の携帯も。三人がすかさず応答する。

いずれもごく短い通話だった。

増田と相原が振り返る。

「月島署、配置完了」

「中野署、配置完了」

山野井は大きく頷いた。彼自身の携帯にかかってきたのは西新井署からの報告だろう。

それからの十五分は、沢渡には耐え難いほど長いものに感じられた。自分が密かにもくろんでいることを考えれば、それでなくても重い車内の空気が、鉄の塊となってのしかかってくるようだった。

自然に、平凡に、素知らぬ顔でいろ——何度も自分に言い聞かせる。

我に返ったように考えたりもする。自分は一体何をやろうとしているのか。もしそれが失敗したら。もし誰かに見抜かれたら。もし何もかもがばれてしまったら。

自問自答の答えはひとつに決まっている。すべて終わりだ。覚悟を決めろ。自分の人生なんて、終わろうが続こうがどうでもいい、そんな程度のものじゃないか——

十一時きっかりに、山野井はドアを開けて車外に出た。増田と相原も、そして沢渡も後に続く。藤本は連絡のため車内に残った。

山野井は目的のマンションに向かってまっすぐに突き進む。歩道の左右から現われた男達の塊が、同じマンションを目指して合流する。別の場所で待機していた野方署員達だ。全員の息が白い。

増田と相原が先陣を切って階段を駆け上がり、二階通路の真ん中あたりにある二〇三号室のインターフォンのボタンを押し、ドアを叩いた。

「鈴木さん、いらっしゃいませんか。警察です。開けて下さい」

鈴木というのは賃貸契約者の名義である。実在の人物かどうかは捜査本部でも未詳のままとなっている。

応答はない。居住者不在であることはあらかじめ確認済みであったから、二人は手筈通り脇へ退いた。制服の野方署員に付き添われて、眼鏡をかけた禿頭の老人が歩み出る。マンションの管理人だ。

促された管理人は、手にした合い鍵で二〇三号室のドアを解錠した。

開け放たれたドアから警察官が雪崩れ込む。

「誰もいません」

フローリングのリビングを通り抜けて奥の洋室に踏み込んだ増田と、隣の和室の押し入れを覗いた相原が同時に叫ぶ。シンプルな間取りで収納の少ない2LDKだから確認は容易だ。山野井は自ら浴室のドアを開けて中を覗いている。

段ボールの束を抱えた野方署員が続々と入ってきて、手際よく箱形に組み立て始める。押収が始まった。

「何も残すな。全部持ち帰れ」

山野井が全員に指示する。

野方署員達がスチール棚に並べられていたファイルを次々と抜き出して梱包する。リビングに積まれていた段ボールは瞬く間にバケツリレーで運び出された。

増田と相原がデスクに置かれたパソコンの押収に取りかかる。

狭い部屋である上に荷物はごく少なかったから、根こそぎ押収したとしても時間はそうかからない。

沢渡はまずファイルの梱包を手伝った。作業に専念しているように見せかけながら、背中でデスクの方の気配を窺う。

右の引き出し——金庫の鍵——

目当てのものは分かっている。やるなら今、ここでしかない。

心臓が破裂しそうだ。これほどまでに緊張したのは、警察官になって以来初めてだ。いや、生まれて以来初めてだ。

パソコンの詰められた段ボール箱が運び出される。そのタイミングで、沢渡はデスクの方に向き直って、新しい箱を組み立てる。

増田と相原は左の引き出しを開け、中身を気泡緩衝材のポリエチレンシートで包み始めた。沢渡は二人の前に組み上がった箱を置いて、ごく自然にデスク周りの梱包に加わった。

殺人の現場ではないから鑑識は入らない。引っ越し屋の要領で無造作に梱包していく。沈の話の通り、引き出しの中は雑多な文房具や小物で溢《あふ》れていた。押収が先決なのでその場でいちいち物品の鑑定は行なわれない。それでも山野井班の注意は、案の定、ディスクやUSBメモリなどの記録媒体に集まっている。

沢渡は指の震えを悟られないように、さっと右の引き出しに手をかけて勢いよく引き開けた。中身は左と似たり寄ったりだ。プラスチックや紙のケースに入った数枚のディスク。各種のメモリ。書類。メモ。筆記用具。

書類を手に取った山野井が内容に素早く視線を走らせる。その間にも沢渡は機械的な動作で黙々と中身を梱包していく。

あった――

数個の黒いクリップの合間に鍵が見える。指を伸ばしてそれをつまみ上げようとしたとき、頭上で山野井の声がした。

「手が遅いぞ、おまえら。さっさとやれ」

咄嗟に鍵をクリップとひとまとめにつかみ上げ、ポリエチレンシートで包んだ。左の引き出しを終えた増田と相原も、続けて右の引き出しに手を突っ込んでくる。

梱包の前に抜き取るつもりだったが、できなかった。

しくじった――

それでも山野井の位置からは鍵は見えなかったはずだ。少なくとも、クリップの下に埋もれた鍵の存在が山野井の記憶に残っていないことを期待するしかなかった。

沢渡は引き出しの中身を詰めた段ボール箱をガムテープで閉じ、他の箱と同様に［デスク・引き出し］とマジックで押収場所を大きく書いた。

デスク周りの梱包は終わった。前後して収納部や台所にあった物品もすべて梱包が終了した。立ち入りから十分も経っていない。最後に山野井が全室内をくまなく点検する。遺漏はないことを確認し、撤収の指示を下す。

段ボールを満載した二台のバンの後に続いて、指揮車輌が野方署へ引き上げる。山野井らと指揮車輌に同乗した沢渡は、どうしても前方を走るバンから目を離せなかった。

まだだ――まだチャンスはある――

その隣で山野井は、厳しい表情で携帯を使っている。月島、西新井、中野の捜索と押収は無事終了したが、いずれの施設も無人で、逮捕者はいなかった。もちろん〈参考人〉とされる沈の姿はない。

バンと指揮車輛、それに数台のパトカーは環七通りを南下し、大和陸橋交差点を左折する。

法務局、警察庁中野センター、東京警察病院の前を通り過ぎ、すぐに野方署に到着した。指揮車輛から飛び降りた沢渡は、バンから押収品の詰まった段ボールを運び降ろすのを手伝う。

押収品はすべて野方署内の道場へと運ばれた。そこで開梱され、押収物目録が作成されるのである。その目録に記載されてしまったら、もう本当にお終いだ。

担当者総出で段ボールを開梱し、畳の外された広い道場一杯に、どんな細かい物も端からひとつひとつ並べていく。

足早に道場に入った沢渡は、まず全体を見渡した。事務所にもとから置かれていた段ボールから開梱されている。中に入っていたのはプラダなど有名ブランドのアパレル商品だった。もちろん偽物である。バッグやドレスなどがシートの上に並べられ、番号の記入された札をつけられる。係員がそれらを順番に目録に記載していく。キャップを後ろ前に被った別の係員が同時に写真を撮影している。

沢渡はズボンの尻ポケットに突っ込んだハンドタオルで軽く首筋の汗を拭うと、出入口の脇に積み上げられている段ボールの山に近づき、順番に署員達に手渡した。ごくさりげなく、そして積極的に手伝っている風を装って。

一個、また一個、段ボールの山が減っていく。

どこだ――あの箱は――

手前の山を配り終え、尻ポケットのタオルで再び顔を拭う。後ろの列の山に手をかけた沢渡は、その下にあった箱に自分の下手な字を見つけた。

［デスク・引き出し］

自分の前には署員が列を作っている。彼らには横の山を崩して手渡す。効率を考えてやっているように見えるだろうか。不自然極まりない感じが態度に出てはいないだろうか。極度の緊張で心臓が今にも破裂しそうな気がする。

［パソコン］と書かれた箱も現われた。目の前に並んでいたのがちょうど増田と相原だったので、彼らにその箱を手渡した。

署員の列が一旦途切れた。沢渡はすかさず［デスク・引き出し］の箱を取り上げ、シートの端まで運んで開梱する。

焦るな――落ち着け――

だがどうしても指が震えてしまう。それを必死に押し隠しながら、ポリエチレンシートを開いて中の文房具を並べていく。

すぐ隣では、野方署の署員達が別の箱を開梱している。誰もが自分の作業に専念していて、他人に注意を向けている者はいない。

クリップを――クリップの包みを――

ちゃんと箱の中にあった。それを取り上げて開く。クリップをひとつずつ並べながら、目当ての鍵をさっと握り締める。

腰を伸ばすふりをして立ち上がり、尻のポケットに鍵を握った手を突っ込む。鍵をポケットに残し、ハンドタオルだけをつかみ出した。

はあ、と溜め息をつきながらタオルで額の汗を拭う。労働による汗ではなく、純然たる冷や汗だった。

コンビニで買った品だが、新しいタオル地の感触が心地好《よ》かった。

「沢渡！」

鋭い声に驚いて振り返る。山野井がこっちを睨みつけていた。全身が硬直する。口中が一瞬で乾き、声が出ない。

「一息つくのはまだ早いぞ。休んでないで手を動かせ」

「はい」

慌ててしゃがみ込み、開梱作業を再開する。近づいてきた係員がクリップに札をつけて目録に記入し、写真を撮った。

尻のポケットに鍵を入れたまま、沢渡は一心に働いた。もう何も考えずに体を動かした。

その日の終わりに、山野井は素っ気なく沢渡の肩を叩いた。

「お疲れさん」

十

「間一髪どころじゃねえ」

新聞を読み耽るふりをしたまま、沢渡は時間通りに現われた沈に鍵を差し出す。

無言で受け取った沈は、さりげない動作でスーツの内側に鍵をしまい、やって来たウェイトレスにアイスティーを注文する。

「これで鍵が押収されたなんて事実はなかったことになる。何しろ押収品のリストに載ってないからな。最初からないものはなくなりようがない。気づいた者もなかった」

「感謝するよ、兄弟」

「山野井さんには申しわけないような気もするがな」

「見え見えのガセネタに引っ掛かった自己責任だ。その後はどうなった」

「どうもなってないよ」

沢渡は新聞を置いて顔を上げた。

ランチタイムも終わった午後三時。新青梅街道沿いのファミレスに客はほとんどいなかった。

「ガサ入れは結果イマイチ不発って評価だが、あっちの捜査本部は義水盟が大森と船堀のマル被だって線をまだ捨てたわけじゃない。その上、月島や西新井の倉庫からも偽ブランド品が見つかったんで、こっちの本部と捜査を一本化しようって動きもある。全部高遠派のご意向だろう。いよいよ義水盟包囲網の完成ってわけだ」

「日本語でなんて言ったかな……ケツ……ケツに……」

「『ケツに火がついた』か」

「そう、それだ」

「ずいぶんと余裕あるじゃねえか」

「そう見えるか」

「見えるよ、おまえはいつだって」

「そうか」

「そうかじゃねえよ」

沢渡は顔をしかめて自分のアイスティーを飲んだ。

ウェイトレスが沈の前にアイスティーとストローを置く。

「ここらでなんとか手を打たないと、いいかげんヤバいぞ」

そうぼやきながら沢渡はストローでアイスティーをかき混ぜる。

「義水盟は大きなネットワークにつながってるかもしれねえが、俺達はしょせん現場だぜ。高遠はこれから国をどうこうしようって大物だ。俺達がどうあがいたところで、気にもしてねえかもしれねえし、こんなゲリラ戦をいくら続けても勝ち目はねえ」

「〈現場〉という言い方は面白いな」

「そういうところが余裕に見えるんだよ」

「そうか」

「だからそうかじゃねえんだよ。反省しろよちっとはよ」

薄いブルーの眼鏡の奥で、沈の瞳がさらに深いどこかへ沈んだ。

「逸脱者の個人が国と戦って、個人に勝ち目なんか最初からない。そんなことは百も承知で、俺達は喧嘩を売ったんじゃなかったのか。たとえ相手がなんであろうと、俺達は個人の意地を貫き通す」

沢渡はグラスからストローを抜き取って、アイスティーの残りを一気に呷った。そしてふうと息を吐いてグラスを置き、

「すまん。頭に血がのぼってたらしい。何しろ押収物を紙一重の綱渡りでパクった後だからな」

「気にするな。大仕事の後は誰だってそうなる。昔観たチョウ・ユンファの映画に似たようなキャラクターが出ていた」

「チョウ・ユンファ本人じゃなくってか」

「ああ」

「嬉しくもなんともない話だな」

しきりと喉の渇きを覚えた。沢渡はドリンクの追加を注文しようと周囲を見回したが、近くにウェイトレスの姿はなかった。

そこは初めて沈と会った店だった。あのときは旧知のヤクザと、今のようにああだこうだと言い争っていたものだ。波多野が一緒だった。

波多野。こんなときにこそあいつがいてくれたら。あの図体とでかい顔が懐かしい。〈陰〉も〈日向〉も、何もかもが。

——おまえ、変わったんじゃなかったのかい。

そうだ。高遠がなんだ。国がどうした。人を虫けらのように踏み潰しておきながら、のうのうとふんぞり返ってる奴らに、俺達はなんとしても一泡吹かせる。

——いい気分だ、楽しいなあ兄弟。

楽しいよ、兄弟。

「どうかしたか?」

沈がこっちを見つめている。

「どうもしねえよ」

ごまかすように大仰に言った。

「なんかいい手はねえかなあ。こう、クリティカルってやつがさあ」

指先でストローをいじっていた沈が、自分の考えを探ろうとしているかのように言葉を吐き出す。

「高遠を殺るか……パルチザンに徹する覚悟なら殺れなくはない……しかし殺れば大騒ぎになる。国も後には退けなくなる。犯人を挙げなければ世の中の騒ぎも収まらない……俺達は根こそぎ潰される。それでは意味がない。俺達は逸脱者だがあくまで個人だ。生き延びてこその個人だ……高遠を殺って、しかも騒ぎにならない。無名の一般人ならともかく、高遠が自殺したらまず徹底的に検証される」

自殺に見せかけるか……いや、そう上手くいくはずがない。

「八方塞《ふさ》がりじゃねえか」

「そうだな」

「それを全部クリアする手を見つけなきゃならないってのか」

「ああ」

「どんな無理ゲーだよ。そんな都合のいい手がそうそうあってたまるもんか」

溜め息をついて下を向いた途端、さっきまで自分の読んでいた新聞の見出しが目に入った。

［中国高官、来週にも訪日予定］

思わず声に出していた。

「あったよ……」

庁舎内にいくつもある小会議室のひとつが空いていることを確認した沢渡は、ドアの表示を［使用中］に替えて中に入った。自販機で買ってきた烏龍茶のボトルをテーブルに置いて、椅子のひとつに腰を下ろす。そしてポケットから携帯電話を取り出した。沈が調達したプリペイド式携帯である。番号はどこにも登録されていない。

さらに背広の内ポケットから一枚の紙片をつまみ出した。そこにはただ一行、ある電話番号が走り書きで記されている。入手にはそれなりの苦労をしたものだ。

深呼吸をして息を整えた沢渡は、メモを見ながら番号をプッシュした。

二回の呼び出し音の後、すぐに応答メッセージに切り替わった。

〈ただいま電話に出ることができません。御用の方は発信音の後にメッセージをどうぞ〉

発信音がした。勝負だ。

背筋を伸ばすようにして、練習した通り淡々と無機的に発声する。

「突然の連絡で失礼を致します。わたくし、垣之内昭三議員の秘書をしております江島《えじま》と申します。栗本内閣参事官に内々の急用がございまして、こちらの番号にお電話させていただきました。また改めてこちらの番号にかけさせていただきます」

それだけ言って切り、携帯をテーブルの上に置いて代わりに烏龍茶のボトルを取り上げる。五百ミリリットルのボトルを開栓して一気に半分ほど飲んだ。喉が急激に干上がったように渇いていた。

残りの半分を、ちびりちびりと思い出したように飲みながら、机上の携帯を見つめてそのまま待った。

考え抜いた文言だった。「こちらの番号」は栗本が主に官界や政界への秘密対応に使っているものだ。それをあえて強調することで、「公的な番号にはかけない」という意思を示した。栗本のような人物がそれを察知しないはずがない。しかも「内々の急用」だ。

栗本が高遠の側近であり、国際人材交流法案の根回しのため垣之内議員に接触を図ろうとしていることは調べがついていた。この作戦は相手に時間を与えないことが重要だ。考える時間と、そして調べる時間とを。

きっと掛かる――

五分と経たないうちに携帯が鳴り出した。

飛びつきたくなるような、それでいてわっと逃げ出したくなるような、堪らない心地で携帯を取り上げ、呼び出し音を三回聞いてから応答した。

「垣之内事務所の江島でございます」

〈はじめまして、内閣参事官の栗本です。先ほどお電話をいただきましたようで〉

掛かった――

しかも最高の引きだ。「はじめまして」。栗本は江島と面識のないことが確定した。

「はい、垣之内の言いつけでご連絡を致しました。恐縮ですが、今そちら大丈夫でしょうか。お近くに聞いておられる人などは」

〈あ、お待ち下さい〉

秘密の匂いを嗅ぎつけた栗本の声がたちまち緊張するのが分かる。電話の向こうで背後の雑音が移り変わる気配。ややあって、

〈大丈夫です。誰もいません〉

「そうですか」

いかにもほっとしたような息を吐いてみせ、

「お電話致しましたのは、国際人交法案に関連して急を要する案件がございまして」

〈あっ、はい〉

念押しのため最初に餌をぶら下げる。それに食いついて、栗本の声が緊張の度合いを増す。

「失礼を承知で最初に申し上げますが、わたくしが垣之内に代わりましてこの回線でご連絡を致しましたのは、非常にデリケートな部分を含むからでございまして、まずこの点を御了承下さい。つまり、現段階で他言はご無用に願いたいのです。これは党にも無断でわたくし個人があくまで勝手にお電話していることで、そこらへんの機微と申しますか、事情をご理解いただけないようでしたら、この電話についてはお忘れ下さい。わたくしの方からも二度とおかけすることはございません」

〈それはもちろん理解しております〉

慌てて答えた栗本が、おそるおそる付け加えるように、

〈失礼ですが、江島さんはどこでこの番号を……〉

「友情《ヨウチン》工商會の総本部で伺いました」

〈あ、ヨウチンさんに。ああ、そうでしたか〉

なるほど、という口調で栗本は納得している。それだけで中国ロビーとの関係を認めたようなものだ。官界の動向であるならどんな些末《さまつ》なことにも敏感な官僚が、一般常識に関しては信じられないほど無頓着であったりする。世界は自分達を中心に動いているという驕り。まさにその一点が狙い目だ。

「ご理解をいただきましてありがとうございます」

間髪を容れず畳み込む。

「では本題に入らせていただきます。中国国務院商務部長の馬洞健氏が現在来日しておられることはご存じかと思います」

〈はい〉

馬洞健が来日中であることは、テレビや新聞で連日報道されている。栗本が知らないはずはない。

「今回の来日については、垣之内が間に入ってあれこれと調整に当たっております。それについてはお聞き及びでしょうか」

〈はい、伺っております。国事とは言え大変なご苦労とお察し申し上げます〉

「ありがとうございます。垣之内が仲介の労をとったかいがあって、馬洞健氏のスケジュールもつつがなく山を越え、日中両国にとって大成功のうちに明後日帰国なさいます」

恐れるな。強引に行け。強引であればあるほどそれらしく――政治家の秘書らし

く――聞こえるものだ。そのことは散々にリサーチ済みだ。

「余裕が見えた今日になって、馬洞健氏が垣之内に内密におっしゃいますには、例

の人交法案について、推進派の中心人物でいらっしゃる高遠生安局長とぜひ一度打

ち合わせしておきたいと」

栗本が微かに息を呑む気配が携帯から伝わってくる。

〈馬洞健氏が高遠局長との面談を希望しておられると?〉

「そういうことです」

〈面談の目的は〉

「それをお訊きになるというのですか」

冷笑的な口調で応じる。

〈失言でした。お忘れ下さい〉

慌てて言う栗本に、「いえ」と素っ気なく呟き、

「この会談は日中双方の政府に対し極秘でなければなりません。外務省の〈ごく一

部〉とすでに話がついておりまして、馬洞健氏が今夜宿泊中のホテルから抜け出す手筈は整っております」

〈待って下さい、今夜ですって〉

「はい。馬洞健氏の帰国は明後日です。今夜しか調整はつきません」

〈それは……私の一存では……〉

「もしご都合がつかないようでしたら、この件はどうぞお忘れになって下さい。外務省の一部にはわたくしからただ〈流れた〉と伝えれば済むことになっています」

思いきり冷ややかに言い放つ。予測した通り、相手は明らかな未練を示した。

〈局長に確認してみませんことには……〉

「すぐに確認していただけますか」

〈やってみます〉

「ではお願いします」

それだけ言って通話を切る。携帯をテーブルの上に置き、沢渡は烏龍茶の残りを一気に飲み干した。

高遠が国際人材交流、すなわち人身売買の受け入れ側だとすると、中国は送り出し側だ。高遠派にとって中国高官との面会は、この上なく気になるはずだ。むげに断るとは考えにくい。もし高遠の予定が一杯で、都合がどうしてもつかないと言ってきたなら、では明日はどうかとこちらから恩着せがましく切り出す予定だ。明日も駄目だと言ってきたなら、そのときは仕方がない。別の手を考えるまでだ。

沢渡がなりすましている江島は、実際に垣之内の秘書を務めていた男だが、先々月から病気療養中である。栗本はそんな事情までは知らないだろうと踏んだのだが、今のところ狙いは当たった。もし病気のことを訊かれたならば、「馬洞健氏来日に関する極秘工作に専念するための口実」と答えるつもりでいる。さらに疑われた場合は、ただちに作戦を中止。通話を打ち切り、携帯電話は出所が特定されないように破壊して処分する。

問題は高遠の方で馬洞健の行動予定を把握していた場合だが、それもないと言っていい。警備部にいる同期の男から聞いた話では、来日中の要人のスケジュールは、警護の必要上、マスコミに公開する公務以外は極力伏せられるのだという。高遠の知る情報と多少の齟齬《そご》があったとしても、警備のなんたるかを知る高遠は、さほど不審に思わず勝手に納得するに違いない。

頭の中で計画を再点検しながら、沢渡は深々と椅子にもたれかかって携帯を見つめる。

自分の読みの通りに行けば、電話はすぐにかかってくる。

一分が過ぎ、二分が過ぎ——

段々と不安が募ってくる。それと恐怖だ。栗本は本当に引っ掛かったのか。今頃は本物の江島と連絡を取っているのではないか。自分の正体が暴かれているのではないか。

三分が過ぎ、四分が過ぎ——

突然ノックの音がした。

不意打ちに思わず腰が浮いていた。どう対応すべきか、咄嗟に考えがまとまらない。返事をする前にドアが開いて、知った顔が入ってきた。

「あれ、部屋を間違えたかな」

同僚の加藤と吉村だった。二人はドアを振り返って［空き／使用中］の表示を確認したりしている。

加藤は沢渡の前に置かれた空のペットボトルを見て、

「おまえ、またこんな所でサボってやがったのか」

同時にテーブルの上の携帯が鳴り始めた。

「どうした、出ないのか」

硬直して動けずにいた沢渡は、加藤に促され、ようやく立ち上がって携帯をつかんだ。

「はい」

〈栗本でございます。局長と連絡が取れました〉

「少々お待ち下さい」

送話口を片手の掌《てのひら》で押さえて加藤と吉村に向かい、ほとんど唇の形だけのような小声で言う。

「ネタ元です」

加藤と吉村は得心したように頷いた。

曖昧に微笑みながら二人に目礼し、沢渡は小会議室を出る。

二部屋隣の小会議室が空いていた。ドアの表示を［使用中］に直して中に入る。

再び携帯を耳に当て、落ち着き払って発声する。

「お待たせをして申しわけありません。近くに人がおりましたので、慎重を期して場所を変えました」

〈そうでしたか〉

「それで、高遠さんのご予定は」

〈はい、予定は入っていたのですが、すべてキャンセルしてお伺いしたいと〉

「そうですか、それはよかったですね」

あくまで尊大に応じる。

「では、具体的な段取りを申し上げます。その前にもう一度確認しますが、今夜の面談は党本部は言うまでもなく、垣之内事務所でもわたくしだけが把握する事案ですので、今後も連絡はすべてこの番号にお願いします。仲介する垣之内にとって好ましくない事態となるようなことは万が一にもあってはなりません。もちろん高遠局長にとってもです。よろしいですね？」

十一

指定された時間は午後十一時だという。公用車の後部座席で、高遠生安局長は年甲斐もなく興奮を抑えきれずにいた。

来日中の馬洞健が自分との密談を求めてくるとは。準国賓クラスの要人のスケジュールはそれこそ分単位で管理されている。関係各省の思惑を飛び越えて自分一人がイレギュラーで接触する。それはあまりに痛快だった。外務省や法務省、それに経済産業省にいる同期の顔を思い出して、高遠は口許が綻ぶのを自覚した。人の頭を飛び越して何かするのは、いつもことのほか気持ちがいい。

友情工商會から情報を得ているのだろうが、法案推進派としての自分に目をつけてくるあたり、中国の分析能力は予想以上だ。公安の中国に対する評価は甘いと言わざるを得ない。自分が警視総監か警察庁長官を拝命した暁には、決して隙を見せまいと改めて思う。

国際人材交流法案は、中国にとってもそれだけ早急に進めてもらいたい案件なのだろう。〈人材〉を送り出す組織からのキックバックもあるのかもしれない。こちらとしてもメリットはある。中国側が外務省にそれとなくＯＫのサインを出してくれれば政界工作がだいぶやりやすくなる。自分の理想が一歩実現に近づくのだ。そのための努力は惜しんではなるまい。それが選ばれた者の義務だ。

外苑東通りを走っていた公用車は、六本木三丁目の裏通りに入った。隣に座った栗本が話しかけてくる。

「ジョワイユ別館なんて系列店があるとは知りませんでした。新規の出店とはずいぶん景気がいいみたいですね」

栗本の呑気《のんき》な口調に軽い不快を覚えたが、いちいち咎《とが》める気にもなれない。適当に相槌を打つ。

「あそこは政治家もよく使ってるらしいから、ニーズがあるんでしょう」

《ジョワイユ》は警察庁だけでなく他の官庁でも知られた会員制の高級クラブで、個室スペースも完備している。ＶＩＰの接待に使われることも多い。その系列店でまだあまり知られていないのならば、確かに今日の密会には相応《ふさわ》しい選択であるとも思われた。

外国要人が羽目を外す夜は現場で警護に当たる警備部警護課も心得ている。栗本の話によると外務省の〈一部〉とは話がついているらしいが、警備部長も把握の上でそれとなく横を向いているのだろう。自分にとっても好都合だ。

公用車は狭い裏通りを徐行して、指定された住所にあるマンションの地下駐車場に入った。待ち構えていたスーツ姿の三人の男達が素早く歩み寄ってきて停止した公用車を出迎えた。

「高遠先生、お待ちしておりました」

真ん中の痩《や》せた男が深々と頭を下げる。髪型や身なりはきちんとしているが、若いようにも、また老けているようにも見える男だった。

「馬先生はすでにお見えになっております。お急ぎ下さい」

年齢不詳の痩せた男はそう言ってエレベーターに向かって歩き出した。高遠は栗本を従えその後に続く。残る二人の男は周囲に目を配りつつ客を警護して最後尾についた。

痩せた男がエレベーターのボタンを押す。すぐに一基が降下してきた。

「どうぞ」

男は扉を開けたエレベーターの内部へと客を促す。五階のボタンを押した男は、全員が乗り込むのを待って扉を閉じた。

「会談は八階で行なわれますが、エレベーターは五階で降り、後は階段を使っていただきます」

エレベーター内で男はてきぱきとした有能そうな口調で言った。そしてこちらの疑問を先回りするかのように続けた。

「警備上の必要とのことです。そのように日本側から指示を受けています。どうかご心配なく。担当者は垣之内先生に近しい方だと伺っております」

〈日本側〉という言い方をしたところを見ると、この男は中国側の保安要員らしい。道理で日本語のイントネーションが少し変だと思った。

「江島さんは？　先にいらしてるはずだが」

栗本の質問に、痩せた男は淀《よど》みなく答える。

「江島さんは垣之内先生とご一緒に馬先生のお相手をしておられます」

「そうか」

栗本は凡庸な顔で頷いた。

五階に着いたエレベーターから出た高遠は、なんとなく違和感のようなものを感じて足を止めた。建物の造作が予想していたものと大きく異なっていたからだ。栗本も同様に首を傾げている。

駐車場もそうだったが、どうにも古い。夜でもあり、公用車の中から建物の外観を見たときはそこまで分からなかった。しかし普通の住居用マンションに店舗を構える秘密クラブもあるので、一概に不審とまでは言えなかった。

こちらの様子に構わず、痩せた男は先に立って歩き出した。釈然としないながらも高遠は男に従った。

通路を進んだ男は、重い金属製の非常扉を押し開けた。そこは非常階段へとつながっていた。

「こちらです」

薄暗い蛍光灯の点る非常階段をそのままどんどん上っていく。吹きさらしではない屋内型の設計だが、一月も末の深夜の非常階段は、身震いするほど寒かった。

六階、七階を過ぎて八階に至る。男は非常扉を引き開け、身を退いて客を通す。

「どうぞ」

中に入った高遠は、さらに明確な違和感を抱いた。

五階の様子ともまた違って、細かく仕切られているような内装だった。赤を多用した、全体に垢抜けない造作。なんと言っても狭い。それにどことなく湿気たような妙な匂いも感じられる。ジョワイユの高級感とは大違いだった。

ドアの開く微かな音に気づいて、高遠は反射的にその方を見た。

左手側のドアのひとつに、客らしき太った男の背中が消えるところだった。ドアはすぐに閉められた。見たのはほんの一瞬だったが、高遠は男の着ていたスーツが、不格好な皺《しわ》の寄ったぺらぺらの安物であることに気がついた。生まれてこの方、高遠が袖を通したこともないような、量販店に大量に吊されているタイプだ。どう考えてもジョワイユの客に相応しいものではない。

明らかにおかしい。

「君、本当にここが――」

そう言いかけた途端、男は突然携帯電話を取り出して発信した。

「警備〇七、高遠先生をお連れしました。今八階に……え、なんですって……そんな……はい、申しわけありません」

男は狼狽しているようだった。高遠は栗本と顔を見合わせる。

「……はい、了解しました」

携帯を切って、男は高遠を振り返った。

「お急ぎ下さい。馬先生がお怒りになっておられるご様子です」

「馬先生が？　どうして」

思わず聞き返す。

「分かりません、とにかくお急ぎ願います」

男はエレベーターの斜め前にあったアルミニウムのドアを開けて、素早く中へと踏み込んだ。高遠はやむなく男の後を追った。その流れで高遠の発しかけた質問はなんとなくうやむやになった。

「警備上、こちらから参ります」

従業員用通路だった。コートの肩が埃に汚れた壁面をこすりそうなほどの幅しかない。換気が悪く、湿気がこもっていて不快だった。ところどころの黒い染みは黴《かび》だろうか。痩せた男を先頭に、高遠、栗本の順に一列になって進む。男の部下である二人の中国人は一言も発しないまま、高遠と栗本を追い立てるように後ろから続く。

狭く細い通路の角を二度曲がって、男は突き当たりの小さなドアを片手で開けた。

「こちらでお待ち下さい」

中に入った高遠は、一目見てピンと来た。ムーディーな照明。大型のベッド。ジョワイユ本店にもある特別ルームだ。特別な〈接待〉のために用意された隠し部屋。その種の用途に使われる部屋であることは間違いない。

「局長、ここは……」

栗本も首を傾げて周囲を見回している。

「馬先生は隣の部屋でお楽しみ中とのことです。すぐにご案内致します」

そう言い残して男はドアを閉めた。高遠は栗本と二人きりでベッドルームに残された。

〈お楽しみ中〉ということは、会談の前に〈サービス〉を受けているらしい。こちらの到着が遅れたので痺れを切らしたのだろうか。さっき男が「馬先生がお怒り」と言っていたのはそのことかもしれない。

反射的に時計を見る。十一時四分前。

「栗本君、約束は本当に十一時で間違いないんだろうね」

「はい、確かです」

わけが分からない。どうにも不審だ。

改めて室内の様子を見回す。六畳くらいの小部屋。右側にシャワーブース。左側に作り付けのクローゼット。入ってきたドアとは反対側にもうひとつ、木目調のドアがある。そちらのドアの方が大きかった。たぶんそちらが表口なのだろう。

そして過剰にぶちまけられたような消臭剤の香り。

やはり違う。違和感が確信に変わる。同じ秘密の個室でもジョワイユ本店とは何もかもが違う。すべてが安っぽく、貧弱で、薄汚い。

「栗本君、垣之内先生の秘書に電話してみて下さい」

「はい」

青ざめた栗本が携帯を取り出し、番号を選択して耳に当てる。

「……つながりません。電源が入っていないようです」

「どういうことですか」

「馬洞健氏の接待中なので電源を切っているとも考えられますが……」

「推測はいい。はっきりした情報をお願いします」

「分かりません」

狼狽する栗本に、高遠はついに声を荒らげた。

「分かりませんだと。君はそれでも――」

突然、部屋の外で大きな声がした。

――警察です。全員その場を動かないで。

驚いて振り返る。木目調のドアの方だ。

大勢の足音がしている。それに甲高い女の叫び声。何語かは分からない。獣じみた男の怒鳴り声も聞こえる。立て続けにドアを叩き、壁を蹴る激しい物音も。

外で一体何が起こっているんだ――

高遠はわけがわからずドアを見つめる。

――動かないで。警察です。皆さん、その場から動かないで。ご協力をお願いします。

警察？　要人警護担当の警護課か？　高遠は一瞬、警視庁警備部長や幹部の面々の顔を思い浮かべた。

外の声と騒ぎは次第にこちらへと近づいてくる。

栗本がはっとしたように、自分達が今しがた入ってきた方のドアに飛びついた。

「局長、この場は一旦――」

しかし彼は絶句したようにノブを握り締めたままドアの前で凝固している。

「どうしたんだ」

「鍵がかけられています」

「なんだって」

そのとき、クローゼットの扉が弾けたように勢いよく開いた。飛び出してきた何かが高遠の腰にぶつかる。衝撃に思わずよろめいた。

「パパ！」

腰にしがみついてきたものが叫んだ。

十歳くらいの少年だった。黒い髪、丸い顔、褐色の尻。着衣は一切ない。全裸だった。

自分の身に起こっていることがまるで理解できず、高遠は呆然と少年を見下ろした。

「パパ、パパ！」

少年はなおも叫んだ。イントネーションが日本人のものではない。東南アジア人のようだった。細い腕に力を込め、執拗《しつよう》にしがみついてくる。その見かけによらない強い力に高遠は戦慄《せんりつ》した。

「放せ、放しなさい！」

だが少年は遮二無二《しゃにむに》むしゃぶりついてきてどうしても離れない。高遠は混乱とともに総毛立つような嫌悪を感じた。

「なんだおまえは！　聞こえないのか、放せと言っているだろう！」

「パパ！」

「やめないか！」

少年の両肩に手をかけて力ずくで引き剝がそうとするが、相手は子供とは思えぬ力で抵抗する。

「警察です！　動かないで！」

いきなり正面のドアが開き、私服らしい若い男を先頭に、制服警官達が踏み込んできた。

同時に少年が一際大きく声を上げた。

「オ客サン、乱暴ヤメテ！」

猛然と入ってきた警察官達が、一様に目を見開いて足を止める。

なんだその目は――

彼らの視線に、高遠は根源的な動揺と不安を覚えた。自分はそれまで、警察官からそんな目で見られたことはなかった。自分が警察官から向けられるのは敬意と畏《い》怖《ふ》と忠誠の視線のみのはずだ。

貴様ら、なんなんだその目は――

気分が悪い。目眩がする。自分が決して警察官から向けられるはずのない視線。

「オ客サン、乱暴スルナラ、モウパパジャナイヨ！」

全裸の少年がまたも叫んだ。

何を言ってるんだ、こいつは――

高遠は自分に抱きついた少年を振り返る。

あんぐりと口を開けてこっちを見ていた若い私服が、我に返ったように近づいてきた。

「ちょっとあんた、何やってんの、そんな子供に」

見たことのある顔だ。どこだったか――

「あんた、早くその子を放しなさい」

「あんたとはなんだ！　誰に向かって言っている！」

「はあ？　あのね、あんたね」

「私は高遠だ！」

「あ、そう、名前なら後で聞くから――」

私服の男が伸ばしてきた手を反射的に払いのける。

相手はぽかんとしてこっちを見たが、次の瞬間、憤然となって叫んだ。

「児童買春・児童ポルノ禁止法違反の容疑で現行犯逮捕！」

制服警官を押しのけて雪崩れ込んできたマスコミらしい男達が、テレビカメラを突き出してくる。

「やめろ、撮るな！　撮るんじゃない！　君達はすぐに出ていけ！」

どこかで栗本が叫んでいた。

左右から制服警官がつかみかかってくる。ヒラの警察官がこの自分に。

「私に触るな！」

猛然とあがきながら、高遠は目の前の私服について思い出していた。

この間抜けは自分の部下だ。しかしキャリアでも管理職でもない。広報の作成した資料にあった。確かテレビの――

「コラ、暴れるな！　公妨《こうぼう》（公務執行妨害罪）もつけるぞ！」

誰かこいつを黙らせろ。頭が割れるように痛い。吐き気がする。早く自宅に帰りたい。庁舎の局長室でもいい。車を呼べ。誰か。早く。

例によって新田とともに生安の応援に駆り出された沢渡は、大勢の警察官に交じってマンション一階で待機していた。すっかり『警視庁二十六時』のエキストラ扱いだ。今夜の現場は六本木のマンションで、そこに不法入国者の働く売春クラブがあるという。接客を務めさせられている者の多くは人身売買の被害者だ。

「今年も小板橋の引き立て役かよ」

一年で最も寒い季節の捕り物に、新田はいつものように不平たらたらであった。

「まあ、これも給料のうちですから」

「それにしたってこんな冷える晩によう」

「まあ、冬ですから」

新田のぼやきを受け流しつつ、沢渡は待機する警官隊の列に並んだ。

新田にとっては突然の指示だが、沢渡はあらかじめ今日のガサ入れ情報を耳にしていた。広報課の早乙女から聞き出したのだ。いや、厳密には、沢渡の方が話を巧みに誘導したと言ってもいい。

——この前はオイシかったね、沢渡ちゃん。あれで小板橋クンもよけいカッコよく見えて、ディレクターさんも喜んでて。あのヒゲの刑事さんを毎回出すのはどうかとまで言ってくれてんだよ。

——勘弁して下さいよ。それでなくても小淵さんから怒られっぱなしなんですから。

——そうだろうねえ。小淵君はいつもああだし。組対としちゃあ悔しいだろうねえ。

新橋の飲み屋で、早乙女は警察からテレビ局に転職でもしたかのような調子の良さでビールを干した。こちらの立場などまるで考えない勝手さだったが、沢渡はひたすら相手の話に調子を合わせた。

——ここだけの話ですけど早乙女さん、実は自分もテレビに出るのはそんなにイヤじゃないんですよ。たとえ小板橋の引き立て役でも、テレビに出るといきつけの飲み屋でモテちゃって。

——だろ? じゃあ、ちゃんと言っとくから。心配するな、こっちは向こうのムリをいろいろ聞いてやってんだから、どうとでもなるよ。

——でも、よく毎回ネタがありますね、あのコーナー。こっちはもう感心して見てるんですが。

案の定、そこで早乙女はトーンを落とし、

――それはねえ、局の方でも困ってるみたい。マンネリだって声もあるし。ここらでハデな絵があるといいんだけどね。沢渡ちゃん、心当たりない？　なんかいいネタ。

――ハデな絵ですか？　さあ、心当たりとか言われても……

生安が以前から売春クラブの内偵を進めていることを沢渡は把握していた。容疑はほぼ固まって、後はガサ入れするばかりの状況にあることも。そしてまた、売春クラブを経営しているのが天老会系の団体であることも。それは沈から得た情報のひとつであった。

描いた絵の通りに早乙女を誘導し、彼自身の発案であるかのように錯覚させつつ、番組スタッフに生安のガサ入れを取材させる。呆気ないほど簡単だった。何しろ警察全体に、「取材には全面的に協力せよ」との天の声が行き渡っているのだ。日程も「警察の都合」ということで多少の調整は利く。一方で生安には「テレビ局の都合」と早乙女に言わせる。それでも万一タイミングが合わなかったら、高遠をスッポカすだけの話であった。

「よし、行くぞ」

新田が肩を叩いてきた。マンションの一階にあふれるようだった警察官の列がようやく動き出した。エレベーターが着いたらしい。それでも全員は乗りきれず、大勢が階段を使わざるを得なかった。階段で八階まで駆け上がるのは大変だったが、警察官がそんな不平を言ってはいられない。

「チクショウ、息が切れやがる」

「お互いトシですかねえ」

口々に不平をこぼしながらも、沢渡と新田は八階まで上がった。

そこで初めて、新田は現場がいつもと違う、異様な空気に包まれていることに気がついた。こうした現場が騒然としているのは当たり前だが、ガサ入れには慣れているはずの警察官達の様子がどうもおかしい。ある者は激昂し、またある者は嫌悪に眉をひそめている。さらには、スマホに向かって何やら興奮したようにまくし立てている番組スタッフもいる。

「何があったんだ？」

「さあ、なんでしょう」

右往左往する警察官の波をかき分けて、沢渡と新田はようやく狭い通路の奥に到達した。

奥の部屋の入口付近に固まっていたテレビ局のスタッフを押しのけ、中を覗く。

毛布で全身を包まれた少年が入れ違いに出ていくところだった。

「退《ど》いて退いて！　道を開けて！」

「撮らないで！　撮らないで下さい！」

少年を保護する警察官が声を限りに叫んでいる。

「ひでえな、未成年どころじゃねえぞ」

それを見送り、新田が吐き出すように言った。

「客はどんな変態なんだ」

「あそこで暴れてる奴じゃないですか」

室内では、極度の興奮状態で暴れる初老の男を、小板橋らがよってたかって押さえつけているところだった。髪は乱れ、コートもスーツも皺だらけになって、威厳のかけらも残っていない。終電間近の駅で暴れる酔っ払いと変わりなかった。

――放せ、おまえら、私を誰だと思ってるんだ！

「いるんだよなあ、ああいう偉そうな客」

恐慌をきたしている男の発する叫びは、悲鳴と罵声が入り交じっている上に、甲高く裏返って聞き取りにくかった。覚醒剤中毒者のように意味不明の部分もあった。

――私は高遠だ、高遠だと言ってるだろう！

新田が沢渡を振り返り、

「あいつ、タカトオとか言ってないか」

「名前ですかね。新田さん、知ってます？」

誰よりも間抜けな顔でとぼけてみせる。

「知るわけないだろ」

沢渡は笑いを堪えるのに苦労した。生安局長の顔など、現場捜査員は間近に見たこともない。ましてや、全裸の少年に襲いかかっている現場を押さえられた男が何を言おうと、捜査員の耳に入るものではない。

そして、その一部始終がテレビカメラに撮られている。

栗本は部屋の隅に呆然と立ち尽くしていた。生命力のすべてを失った、虚ろな枯れ木のようだった。

ようやく男を押さえ込んだ小板橋が、相手に手錠を掛け、自分の腕時計を見る。

「一月三十日、午後十一時十分！　公務執行妨害罪で逮捕！」

最高の〈絵〉だった。

# 十二

高遠生安局長逮捕の一部始終は、特別枠に格上げされた『警視庁二十六時』の番組内で放映され、社会的に大きな論議を呼んだ。

いや、放映前からすでに収拾のつけようもないほど大きすぎる話題となっていた。

小板橋捜査員が不法移民による売春クラブに踏み込んだとき、現場には全裸の少年と、少年に襲いかかる客がいた。問答無用の現行犯逮捕である。客の男はパニック状態であったが、所持品から現職の警察庁生安局長であると判明した。同時に逮捕された連れの客は、警察庁出身の内閣参事官で、これまた現職であった。

現場には警察職員とテレビ局スタッフの双方が多数居合わせた。現場を撮影したビデオはすぐに局内で試写、検討された。文字通りの「衝撃映像」だった。その時点で複数のソーシャル・メディアを通して事件の概要は拡散しており、隠蔽は到底不可能だった。この時代、そんな状況下で、隠蔽する方がリスクが高い。今のテレビ局幹部にそんなリスクを冒してまで体制を擁護しようというピントのずれた度胸の持ち主などいるはずもなかった。

またそれは、この事件があまりに多くの問題を孕んでいたからでもあった。現職警察幹部の不祥事。不法入国者の違法労働。未成年者への性的虐待。隠蔽の動きが少しでもあったなら、事態はさらに紛糾するだけであっただろう。逮捕した小板橋巡査部長が番組の顔である〈生安の星〉として広く一般に認知されていたことも大きかった。

少年の映像は、放映に際しては大きなモザイクで隠された。未成年の上に何しろ全裸だ。モザイクなしで放映できる部分はないに等しかった。

「衝撃映像」の勇気ある放映で番組は高い評価を得た。その一方で、〈シリーズ・生安の星を密着取材〉は前触れもなくひっそりと終了した。

高遠生安局長に対しては、逮捕時に即日長官官房付への異動が発令された。身柄拘束後釈放となった高遠元局長は、その後自宅で任意の取り調べに応じている。同《どう》人《にん》が買春行為に至った詳細は明らかにされていないが、専門家によると起訴猶予になる可能性も高いという。

『児童買春、児童ポルノに係る行為等の処罰及び児童の保護等に関する法律』によれば、『児童買春』の行為は、「当該児童に対し、性交等（性交若《も》しくは性交類似行為をし、又は自己の性的好奇心を満たす目的で、児童の性器等（性器、肛門又は乳首をいう。以下同じ。）を触り、若しくは児童に自己の性器等を触らせることをいう。以下同じ。）をすること」とあり、厳密には目撃された状況だけでは、この構成要件を現認したとは言えないという解釈も成り立つ。しかし一方で、場所がかねて内偵中の売春クラブであり、状況からして買春行為の最中であったことに疑義を挟む余地はないとする意見も根強くあった。いずれにしても、少年への暴行罪と公務執行妨害罪は間違いなく成立している。

約束した時間の十分前に世田谷公園に入った沢渡は、売店の前から噴水広場を眺め下ろした。桜がちょうど満開で、思わずほっと見とれるような、華やかな装いを見せていた。

階段を下って噴水の前に立つ。なんとなく思い立って噴水の周りを一周し、ベンチのひとつに腰を下ろした。心地よい風が吹き、桜が軽やかに舞い上がる。陽光にきらめく水の飛沫《しぶき》や、風に漂う花を見ていると、胸に様々な感慨が湧き起こる。

ここは以前、沈に呼び出された場所だ。自分と波多野はここでペンママ——サリ力と引き合わされた。冬のさなかであったあのときとは違い、今は周囲の景色が一変している。

考えてみると、あれからそんなに月日が経っているわけではないのに、もうずいぶんと昔のことだったような気がする。それはきっと、あのときの自分と今の自分とがまるごと違っているせいだ。隔たっているのは時間ではなく、自分自身との距離なのだ。過去の自分が遠すぎて、思い出す手掛かりの感触も曖昧だ。

あれやこれやを失って、結局は今を生きている。それが現実で、それがすべてだ。

斜面の上に、痩せた人影が現われた。薄いブルーの入った眼鏡。沈だ。

階段を下り、まっすぐにこちらへと歩み寄ってくる。

「待たせたな、兄弟」

いつもの仏頂面でそう言う沈に向かい、沢渡は自分の頭を指差して見せた。

怪訝そうに首を傾げた沈は、すぐに自分の前髪に貼り付いた桜の花びらに気づき、珍しく和んだような笑みを浮かべた。

ベンチに溜まった花びらをさっと払って隣に座った沈に、沢渡は言った。

「高遠が自殺したぜ。今朝自宅で首を吊ったってよ」

「あんたの読みの通りだな」

「キャリアはプライドが高い分だけ、意外とメンタルが弱いものなんだ。特に警察官僚には刑事被告人になるだけでも耐えられないって奴が多い。実際に取り調べでも一般人よりみっともない醜態を晒すもんだぜ。高遠の性格についても俺なりに調べてみたんだ。こいつは絶対に耐えられないタイプだと思ったね。それでなくても次期総監とか次期長官とか言われてその気になってた男だ。この手の破廉恥事件で現逮なんて、間違いなく発狂もんだ。それに警察は奴の切り捨てに躍起になってて、毎日しつこく辞職を迫ってたっていうし。警察得意の組織防衛ってやつだ。高遠の出世ぶりを日頃からやっかんでた派閥がここぞとばかりに表に出てきたってところかな。とにかく、提唱者がよりにもよって買春でパクられたとなりゃあ、例の腐れ法案も完全に立ち消えだ」

沈は改めて感心したように、

「あんたのアイデアを聞いたときは俺も半信半疑だったが、それにしても、たった一本の電話だけで見事に掛かったものだな」

「疑う理由がどこにもないからさ」

「〈疑う理由〉？」

「高遠が必ず食いつく餌さえあればよかった。その餌だけは俺にもどうしようもなかったが、中国の偉いさんがたまたま来てくれてて助かった。その偉いさんが生安局長に会いたがってるって電話があったとして、それを疑う理由がどこにある。誰かが自分達を呼び出して何かを仕掛けようとするなんて、奴らには想像もつかないだろう。局長級の幹部でも、普段から警護がついてるわけじゃないし、食いナビとかで調べて割と気軽に公用車でそこらの飲み屋に行ったりしてるしさ」

「そういうものか」

「ああ。六本木の売春クラブの話はあんたから聞いてたし、広報の早乙女からは声かけられてたし、まあ、うまいことつながってくれた。それより、のこのこ売春クラブに出かけた高遠や出迎えのあんたらが、本物の従業員と出くわさないかひやひやしたぜ」

沈は膝に落ちた花びらをつまみ上げ、指の先でそのほのかな色合いを慈しむように見つめながら、

「俺も最初はどうなることかと思ったが、あんたの言い方を真似れば、〈失敗のしようがない〉んだよ。向こうもわざわざ裏口から入ってくる客なんて想定してない。当然鍵は掛かっているが、見張りがいるわけじゃないしな。こっちには鍵を開ける専門家が揃っているし、手下も何人か先に潜り込ませている。何か異状があればそ

いつらがすぐに知らせてくる手筈になっていた」

沢渡は堪えきれないといった様子で思い出し笑いを漏らす。

「それにしても、みものだったぜ、逮捕されたときの高遠の顔。『ワタシをダレだと思ってるんだ、ワタシはタカトオだ、タカトオだあ』ってな」

「そいつは俺も見たかったたな」

「それよりみものだったのは、自分が逮捕したのが生安局長だと知ったときの小板橋の顔だ。顎が外れたのかと思うくらい馬鹿みたいに口を開けて、青くなったり赤くなったり、挙句に野郎、おろおろと半泣きになって『ボク、どうしたらいいんでしょう？』だってよ。相手が誰か知ってりゃ奴も逮捕なんてするわけないが、あれだけのマスコミや警察官の前で逮捕しちまったらもうどうしようもねえ。現逮の事実は消しようがないしな。マスコミで顔が売れてたぶん、そっくりそのままアダになったってわけだ。警察の揉み消しはなかった代わりに、奴のコーナーは即打ち切り。かわいそうに、警察で奴の出世の目はもうないぜ」

「なんだか哀れに思えてきたな」

「まあ、聞くところによると、小板橋はこれを機に警察を辞めてタレントになるとか、本を書くとか言ってるらしいから、案外奴にとってもいい転機だったのかもしれないぜ」

「俺達は小板橋の運命の天使にもなったってわけか」

「そうなるな」

そこで沈は、例によって意味ありげに呟いた。

「『俺たちは天使じゃない』か」

沢渡は首を傾げ、

「そいつはちょっと間違ってるぜ。昔のドラマなら『天使じゃない』じゃなくて『天使だ』だろう」

憮然として沈が付け加える。

「そっちは知らない。俺の言ったのはハンフリー・ボガートの映画だ」

意味の分からないまま、沢渡は構わず話題を変えた。

「天老会も仰天しただろうなあ。自分とこの売春クラブで、いつの間にか高遠と素っ裸のガキが抱き合ってたってんだからな」

売春クラブの店長と従業員は、そんな子供は雇っていないし、見たこともないとの主張を今でも頑《かたく》なに繰り返しているという。店で働かされていた女性達も、同僚に男の子はいなかったと証言した。

しかし現実に男児はいて、テレビカメラで撮影までされている。その圧倒的な事実の前に、いくつかの疑問はほとんど顧みられることはなかった。

少年自身の証言によるとこうだ――

自分は何者かも知らない複数の大人達によって売買され、店を転々としていた、それらの店が日本のどこであったのかも分からない、保護された六本木の店はその日が初めてだった、特別な客のためにおまえを買ったのだから念入りにサービスしろと命令された――

それで店の女達が少年を知らなかったという部分は説明がついた。他の部分については、主に店長らが罪を逃れようと意図的に偽証を行なっているものと見なされた。少なくとも世間は納得した。警察は店長らとその背景にあると見られる人身売買グループについて今も追及を続けている。

「何しろあの子はこっちの仕込みだから、追及しても出るわけはないんだが、どっちにしろ、天老会にとっちゃ大打撃だ。栗本の供述や通話記録で、警察も高遠が誰かに引っ掛けられたらしいってことくらいは察しがついているが、もうどうしようもない。垣之内昭三に対する配慮もある。垣之内も自分の名前がそんな大不祥事に関連づけて取り沙汰されるのは大迷惑だってよ。怒り心頭で内々に抗議してきたらしい。それも狙い通りだ。こうなったら警察はもう義水盟どころじゃない。世間様の言う通り、人身売買に関わってる天老会を締め上げるのに手一杯だ。最初に設定したハードルをオールクリアってわけだ」

さあっと風が吹き渡り、ふんわりとした桜の山が一斉に沸き立った。柔らかで匂い立つような光が広場を包む。

「それで、その子は」

沈の問いに、沢渡は頷いて、

「人身売買の被害者として保護されてる。里親も見つかったそうだ。世間の同情論もあるから、特例で在留資格が認められるってよ」

「そうか、よかった」

感慨深そうに呟いた沈の横顔に、沢渡は思いきったように言った。

「仕込みとして俺が最初に考えたのはせいぜい若い女だった。確かにこの作戦には若い女より男の子の方が有効だ。そんなヒネリをよく思いついたと感心するぜ。仕込みのネタとしちゃあ最高だ。でもな、いくら不法入国者の子だからといっても、心のケアってやつも気になるわけよ」

「…………」

「しかもあれだけの芸達者だ。その後の取り調べでもボロひとつ出さねえ。大したもんだ。おまえ、あの土壇場で、よくあれだけの子役を見つけてきたな」

沈の口許に、人を食ったような笑みが広がった。

「どうした、何がおかしい」

「怒るなよ、兄弟。俺達がずっとサリカの息子を捜していたことはあんたも知ってるだろう」

沢渡ははっとして相手の笑みを見た。

「すると、あの子は……」

「そうだ、サリカの息子だ。あの仕事の直前にやっと情報が入った。日本のあちこちで、実際にああいう仕事をやらされてたんだ。よく生きていてくれたものだ。サリカの祈りが通じたのかもしれない。売られ売られて、最後は横浜にいた。買い戻して母親について話すと、喜んであの役を買って出てくれた」

なるほど、堂に入った演技も納得がいく。あの異常な状況も、あの子にとっては単なる日常であったわけだ。

少年の目を思い出す。

強烈に印象に残るあの双眸《そうぼう》。醜い大人達を相手に忌まわしい仕事を強制されながら、まっすぐで、ひたむきで、不敵で、強情で――そして賢者のような聡明さを湛《たた》えていた。なるほど、サリカの目だ。サリカの息子だ。あの女の息子であるなら、日本の警察を欺くことなど造作もないはずだ。そしてこれからも、どんな逆境であろうと強く生き抜いてみせるだろう。

そのとき、沢渡は脳裏にふと閃くものを感じた。

「待てよ……サリカの息子ということは、ペンママの息子ってことだよな？」

沈の薄笑いが、会心の笑みといったものに変化した。

「ああ」

「つまり、あの子はペンちゃんになるわけだ」

「そうだ、リアル『らくがきペンちゃん』だ」

「ペンちゃんがペンママの仇を取ったってわけか。こりゃあいい」

沢渡は声を上げて笑っていた。沈もまた嬉しそうに手を打っている。

なぜだかおかしくて堪らなくなった。陽差しの中で笑いに笑った。

花見客の多い公園で、二人の男の大笑いはまったく目立たなかった。

笑いながらも、沢渡は少し驚いていた――沈もこんな顔で笑うのかと。それは特別な発見のように思えた。

ひとしきり笑った後で、沈が立ち上がった。

「そろそろ行くよ、兄弟。俺にはまだやることが残っている」

「やることってのはアレか、滝本組の今崎組長か。それとも東甚連合か」

「まあ、そんなところだ」

沢渡も立ち上がって、肩に乗っていた花びらを払い落とす。

「ラスボスだけ倒して、中ボスと小ボスが残ってるような気分だな」

「気長にやるさ」

そうそぶく沈を、沢渡はまっすぐに見据えて言った。

「天老会や警察にだって、まだまだ借りを返した気がしねえ。こっちも気長にやるとするぜ。警察から給料もらってな」

沈は軽く笑い、階段の方でなく、背後の木立へと歩き出した。

「じゃあな、兄弟」

その後ろ姿が、満開の桜の山に溶け込むように消えた。

しばらくその場に立ち尽くしていた沢渡は、陽差しを反射して白く輝く階段に向かって踏み出した。足許にまとわりつくように吹き溜まっていた花びらが、強い風に流れて散った。

謝辞

本書の執筆に当たり、元警察庁警部の坂本勝氏より多くの助言を頂きました。
ここに深く感謝の意を表します。

本書は完全なるフィクションです。実在する人物・団体等とは一切関係ありません。

## 【主要参考文献】


『紅の党 習近平体制誕生の内幕』朝日新聞中国総局著 朝日新聞出版

『チャイナ・ジャッジ 毛沢東になれなかった男』遠藤誉著 朝日新聞出版

『中国モノマネ工場 世界ブランドを揺さぶる「山寨革命」の衝撃』阿甘著 徐航明／永井麻生子訳 日経BP社

『中国貧困絶望工場 「世界の工場」のカラクリ』アレクサンドラ・ハーニー著 漆嶋稔訳 日経BP社

『最新図解 中国情報地図 中国が直面する50の緊急課題』中国情報研究機構編 河出書房新社

『「猛毒大国」中国を行く』鈴木譲仁著 新潮新書

『中国の地下経済』富坂聰著 文春新書

『汚職大国・中国 腐敗の構図』暁冲編 高岡正展訳 文春文庫

『黒社会の正体 日本人のカネと命を奪う中国人』森田靖郎著 文庫ぎんが堂

『警視庁組織犯罪対策部』相馬勝著 文庫ぎんが堂

# 解説

東山彰良

鄧小平《とうしょうへい》が改革開放政策を実施したのは、一九七九年のことである。改革の肝は、従来の社会主義経済に市場原理を導入すること。これは中国にしてみればゆゆしきことだった。なぜならマルクスの唯物史観においては、社会は資本主義、社会主義、そして共産主義の順で発展するのだから。

すでに社会主義を標榜《ひょうぼう》していた中国が私有財産制を認めて市場原理を導入するというのは、とりもなおさず唯物史観に逆らうことになる。社会主義国家においては、たしかに資本主義国家のような繁栄は望めない。が、資本主義国家のような堕落とも無縁でいられる（すくなくとも理念的には）。そこへ市場原理を導入するのは、いわば窓を開け放つようなものである。外国からの資本が流入して繁栄がもたらされるかわりに、堕落という名の蠅《へいそく》も飛び込んでくる。鄧小平は百出するそのような反対論を封じ込め、中国経済の閉塞状況を打開すべく改革開放を断行したのだった。

それ以降の中国経済の躍進には目を見張るものがある。長らく二桁台《けたたい》の経済成長

行や買い物に血道を上げるようになった。大金を握り締めた中国人は、海外旅行や買い物に血道を上げるようになった。


をつづけ、人民はまたたくまに裕福になった。大金を握り締めた中国人は、海外旅行や買い物に血道を上げるようになった。そう、「爆買」である。いまや日本の小売業は爆買によって支えられていると言っても過言ではないだろう。

しかし、改革開放政策はすべての中国人に恩恵をもたらしたわけではない。目端の利《き》く者は富み栄え、そうでない者たちは経済発展の恩恵から取り残された。のみならず、環境破壊や貧富の拡大という形で、人民は経済発展の膿《うみ》をもろにひっかぶっている。

そのような貧しい者たちが一攫千金《いっかくせんきん》を夢見て、生命を賭して日本へやってくる。持たざる中国人たちのなかには、日本で生き残るために犯罪に手を染める者も多い。二〇〇三年に起こった福岡一家四人殺害事件の犯人が中国人だったことはまだ記憶に新しい。流言蜚語もある。二〇〇〇年に世田谷一家殺人事件が起こったときには、なんの根拠もないままに中国人犯人説がまことしやかにささやかれた。馳星周《はせせいしゅう》の初期作品に見られるように、日本に根を張る中国人犯罪者の暗闘など、すでに文学の域にまで昇華されている。中国人の存在は良《よ》きにつけ悪《あ》しきにつけ、すでに日本にしっかりと根差しているのだ。

さて、前置きが長くなったが、本書『黒警』が描いているのは、まさにそこのところの日中間の機微なのだ。華々しい日中の経済交流の陰で骨肉相食《は》み、膿みただれてゆく持たざる者たちの現実。

その患部にメスを入れるのは、不死身のスーパーマンなどではない。主人公の沢渡《さわたり》は警視庁組織犯罪対策部の警部補なのだが、こいつがだめだめなやつなのである。やる気もなけりゃ向上心もなく、出世が見込めるような才覚もない。日々増加する中国人による犯罪に辟易《へきえき》しつつ、中国人を嫌悪しつつも、分相応の働きに甘んじる典型的な小市民なのだ。

そんな負け犬の沢渡だもの、たいした仕事を任せてもらえるはずもない。テレビの報道番組『警視庁二十六時』で売り出し中の後輩には引き立て役に利用され、コピー商品を摘発するオペレーションでは子供向けキャラクターグッズ『らくがきペンちゃん』の係にまわされる始末だ。

くだらねえとぼやきつつ、でも仕事だもの、不承不承捜査を進める沢渡だが、こういうやつにかぎって厄介事が向こうから近づいてくる。義水盟《ぎすいめい》という新興中国人犯罪組織がペンちゃん関係を仕切っていることを摑《つか》んだ沢渡は、さらにこの義水盟を老舗《しにせ》黒社会の天老会《てんろうかい》が追っていることを知る。
聞いたこともないような駆け出しの組織を天老会が狙っている？　いったいなぜ？

ここから沢渡の捜査は徐々に剣呑《けんのん》な様相を呈してゆく。男っぷりのいい顔馴染《なじ》みのヤクザ、波多野《はたの》から「ペンママ」なるものの存在を尋ねられるにいたっては、刑事の嗅覚がびんびんに研ぎ澄まされていく。

ここまでなら、ただの刑事とヤクザのバディものだ。どうせ沢渡と波多野が衝突をしつつも最後にはおたがい命を預け合い、ペンちゃんの背後に潜む巨悪をスカッと倒すありきたりな筋書きだろう。

が、さすが月村了衛だ。

読者の予想をいきなり木端微塵《こっぱみじん》に打ち砕いてしまうぞ。これから『黒警』を読む読者諸氏の興を削《そ》ぐようなことは書けないが、私に関して言えば、この最初のあっと驚く展開で本書にぐっと引き込まれてしまった。しかも、あっと驚く展開はそれだけではない。やる気のない沢渡の心に火がつき、あれほど嫌っていた中国人犯罪者のボス、沈《シエン》と『水滸伝』ばりの俠気を交わす瞬間はとにかく見ものである。私は不覚にも痺《しび》れてしまった。

言ってしまおう。『黒警』はちっぽけで非力な者が、ちっぽけで非力のまま、死にもの狂いで正義をなそうとする物語だ。沢渡の奮闘はいともたやすく警察内のセクショナリズムを乗り越え、理想へ向かって新たな世界を獲得していく。ひとりぼっちのわびしい部屋で酒を飲むしか能がない男が、生活と現実に蝕《むしば》まれてしまった勇気を取り戻す。波多野や沈との関わり合いのなかで、ふつふつと煮え切らない人生に見切りをつけていく。前半で張られた伏線をクライマックスで耳をそろえて回収してゆく著者の手腕は、実際、鮮やかとしか言いようがない。しかしそれよりもなによりも、付和雷同のお手本のような沢渡という男が、その生き方を逆手にとって巨悪を追いつめてゆく爽快なエンターテインメント小説に仕上がっている。

この爽快感はどこから生まれるのか？

答えは簡単。沢渡は私たちひとりひとりと同じなのだ。読者は沢渡を透かして、自分自身の臆病さを垣間見る。そして、気づかされる。正しいことを行えるのは、なにも命知らずの好漢だけではない。保身に汲々とし、日和見《ひよりみ》主義的に生きるしかないちっぽけな者たちにも、やれることがまだまだあるのだと。

著者の受賞歴にすこし触れておこう。

二〇一〇年に『機龍警察』（早川書房）で作家デビューを果たした月村は、その後二〇一二年に『機龍警察　自爆条項』で第三十三回日本SF大賞、二〇一三年に『機龍警察　暗黒市場』で第三十四回吉川英治文学新人賞、二〇一五年には『コルトM1851残月』で第十七回大藪春彦賞、『土漠の花』で第六十八回日本推理作家協会賞と、まさに怒濤《どとう》の勢いで錚々《そうそう》たる文学賞に輝いていく。

本書『黒警』の単行本は二〇一三年に、日本SF大賞および吉川英治文学新人賞受賞後第一作として刊行された長編警察小説である。

さて、老荘思想に「臧穀亡羊《ぞうこくぼうよう》」という教えがある。

ふたりの奴隷が羊を放ち、ふたりとも羊を見失ってしまった。ひとりは草の上で本を読んでいる隙《すき》に、そしてもうひとりは博打に興じている隙に。荘子は言う。ふたりともやっていたことは違うが羊をなくしたことは同じだ、知識人は名誉のために命をなくすし、小人《しょうじん》は利のために命をなくす、大臣は国を保つために命をなくし、聖人は天下を保つために命をなくす——理由は違えども、命をなくすことにかわりはない。無為自然を旨とする老荘思想らしい教えだ。つまり、どんなにもっともらしい理由があろうとも無為自然にさからえば命をなくす。それは小人だろうと聖人だろうと変わらないというわけだ。

馬鹿言ってんじゃない。

人間はただ生きていればいいというものではない。理想や理念のために命を投げ出す者をいくら醒《さ》めた目で眺めても、それで自分の魂が救われるわけではないのだ。現実を見つめすぎて臆病になってやしないか？　体がカッカッと燃え上がるような生き様はどこからやってくるのか？

沢渡の生き様は、そんなことを問いかけてくる。

（ひがしやま　あきら／作家）

黒警《こくけい》

朝日文庫

2016年6月30日　第1刷発行

著　者　月村了衛《つきむらりようえ》

発行者　首藤由之
発行所　朝日新聞出版
〒104-8011　東京都中央区築地5-3-2
電話　03-5541-8832（編集）
03-5540-7793（販売）
印刷製本　大日本印刷株式会社


Published in Japan by Asahi Shimbun Publications Inc.
定価はカバーに表示してあります

ISBN978-4-02-264817-4
落丁·乱丁の場合は弊社業務部（電話03-5540-7800）へご連絡ください。
送料弊社負担にてお取り替えいたします。